勾魂使者日記

推薦序

「因為我曾經想死。」

夜，還在往夢鄉的方向走，我卻被勾魂使者勾了魂，在地獄與人間踟躕。此時，我必要找到元兇，以解我輾轉的困惑。於是，撥了一通電話詢問，沒想到，這是李文義給的答案。

我認識的李文義，是個只有小學學歷，卻敢站在千萬人前自負地說「我最行！」的「浪漫男孩」。他的確很行，為了補學歷之不足，利用書本雜誌及各類媒體大量吸取新知，藏在他腦袋中的學識，絕對不會比你我的還少；說他是「浪漫男孩」也實不為過，因為在他生命裡，除了「愛」，還是「愛」。「愛」是他最擅長的小說主題，也是他坎坷生命裡不厭其煩追追索索的元神。君不見，連書名驚悚的《勾魂使者日記》，也要談一場跨越四百年鬼的愛戀。

父親經商失敗，使他走上失學的路；母親的堅苦忍讓，逐步構築出他性情中的甘願與知命。由鋼構包商直至今日全職作家，一路走來，人生的大起大落，使他清楚認識「現實」，認識「無常」，更認識「人情冷暖」。而這些正是他藉以化育作品的養分，也是他的作品中，最常充斥的氛圍。整本書中，讀者讀到的絕對是不幸福不美滿，以及無邊無涯的苦痛。即使悶死老妻再尋短的恩愛夫妻，李文義也要咬著牙，殘忍地勾去魂魄。

曾經沉淪過，當走不出生活瓶頸，深陷入一個個迷亂的夜，他也曾試圖摧毀自己，當奮力爬出一次次的窘境，他對生命因此有了更多的疼愛與珍惜。為了生活，他曾經漏夜趕稿，只為了能以一本本夢幻小說，賺取養家活口的機會；現實中的不美滿，使他企圖讓自己成為呼風喚雨，挪動乾坤的能者，可以盡享想像之能事。於是，他化為「勾魂使者」，自由來去陰陽兩界。然而，看似為所欲為，卻依然有律令必須遵行。他必須冷血對待所有生離死別，即使親眼目睹不公不義。而這何嘗不是他在現實人生中的無奈與覺悟？

創作是苦惱的，尤其當融入了小說中角色的生命裡，一顰一笑，竟在他身上一一折射反照。於是他邊寫邊哭，邊哭邊寫，為角色拭去生命的塵埃，卻老是忘了自塵埃中抽身而退。本書中一個故事接著一個故事，有社會新聞轉化，有自我想像馳騁，更多的卻是屬於自己的悲慘人生。李文義藉著書寫，一次次還原，一次次回顧，也一次次療養。

書中的愛情，無論是厭煩過多關愛而急欲掙脫的情人，協同外遇男人殺死丈夫的妻子，在在透露了李文義在現實生活中愛情與婚姻的弱勢，這正是他浪漫的個性使然，是他的悲哀，卻也是令讀者不勝噓唏之處。

為了書寫，李文義做足了功課，將佛道兩家的生死觀化為內力，在書中一一實踐。這樣的小說，你很容易在波折起伏的故事中找到感動與反省。刻意不立目錄，就是讓讀者自由選擇想像的空間，一篇篇體會，一篇篇反芻，一次次與自己的生命對照，俯仰之間，相信你會找到與他相同的共鳴頻率，也必然能愛上這個看似無情卻多情的「勾魂使者」。

詩人 喜菡

就任勾魂使者已經三百年，我不知道還能執掌此職多久，所以決定撰寫日記，記錄我見我思與工作歷程。

顧名思義，我的工作是於指定時間裡前往陽間勾攝陽壽當盡的魂魄，然後帶回陰間評斷功過，陽間賦予我們不同稱謂，例如黑白無常、勾魂使者、死神等等，這些稱謂雖然有異，所指意思皆相同，因宗教差別而已，牛頭馬面則不同，倘若勾魂使者是殯葬業者或戶政機關，牛頭馬面比較類似基層員警或法警，范謝將軍是刑事組小隊長，鍾馗是重案組組長，城隍是各區檢察官，各殿冥王是分局局長兼法庭庭長，警政署長則是東獄大帝，至於地藏王菩薩，算是署級的輔導長，職司非常清楚，不會混淆。

身為勾魂使者，枷鎖、鉤魂鍊與生死簿三樣物品必須隨身攜帶。據說，勾魂使者的枷鎖與鉤魂鍊神鬼難逃，神仙我沒試過，鬼魂確實無法掙脫。生死簿是無字天書，平常時候一個字也沒有，執行任務前才會浮現資料，雖然必須隨身攜帶，我總不可能時時盯著它看，那又如何知道生死簿上顯現任務呢？道理其實很簡單，有點類似陽間行動電話的震動功能，當任務浮現時，每位勾魂使者就是會知道。

是的，勾魂使者不是只有我，因為陽間有幾十億人口，全都靠我執行肯定應接不暇，所以勾魂使者是一個部門裡的職務統稱，至於黑白無常、勾魂使者與死神的外型差異，絕對不是配合陽間信仰特意裝扮，而是依照世人信仰產生的視覺變化；也就是說，相信黑白無常看到的就是黑白無常模樣，相信死神看到的就是死神模樣，無神論者看到的可能是一團黑氣，倘若沒有堅定的宗教信仰，新魂看到我時大多是身穿黑色斗蓬，手執鉤魂鍊與枷鎖，而且周身籠罩一團黑氣，如此扮相並沒有特殊涵意，只因為我喜歡冷漠與陰鬱，但不管何種外型，都能讓世人產生恐懼與震撼；然而，恐懼與震撼並非我們面目猙獰，實際上有些勾魂使者還蠻俊俏，而是世人與新魂對死亡、未知，以及即將面對的審判所產生的驚懼。

雖然決定撰寫日記，但下筆時卻發現制定時間是項難題，因為冥界沒有所謂的日與夜，月與年，時間單位以陽間為主，天堂次之。我是永恆的靈體，照理說應該用天堂曆法，但考量天堂曆法過於亙古浩渺與脫離現實，幾經思考後決定採用陽間曆法，從我就任的第三百年算起。

三百年又一天

正午三刻，我照慣例提早到達現場，絕非特意去驚嚇瀕死之人，故意讓他們感受死神正在一旁等候，而是喜歡在執行任務前，先到現場觀察與揣摩當事人為何會死，死前經歷了什麼，面對死亡的瞬間，腦裡想些什麼。我承認這種行為有點變態，說好聽一點是富有哲學思想，或無可救藥的悲觀主義，但不是每個人或每位鬼差都能時常處於生死交替線上，並親手進行生與死的轉換；當然，我無意藉由觀察與體悟來修練成仙成聖，而是機會和經驗如此難得，還能為枯燥乏味的冥界生活增添樂趣，所以我樂此不疲。

醫院裡繁忙又肅穆，空氣中瀰漫著藥品與死亡的味道。是的，死亡具有特殊氣味，接近久腐糜爛與篝火殘灰的味道，非但聞過後很難從記憶抹除，氣味還會沾黏在身上久久不去，所以勾魂使者身上總會散發死亡氣味，讓世人遠遠就感受到死亡，並因此情緒低落。

化療的痛苦讓陳燦福不停呻吟，他老婆蔣秀雯貼心地隨侍在側，不停給予安慰與鼓勵，相較於隔床孤單無伴的林三鄉，陳燦福沒有疑問是幸福的典範，也彰顯夫妻倆人攜手白頭的情誼。擔任勾魂使者前我也曾多次投胎為人，每個世代也都有過能患難與共和相輔相持的另一半，那些經歷我雖然逐漸不復記憶，卻總能在望見鶼鰈情深剎那挑動情緒，因為人世間有太多誘惑與變數，彼此白頭後還能相互珍惜的情感不易得，因此總能讓我格外動容，不過動容歸動容，身為勾魂使者不可能因此萌生私心，所以每次都只是在心中滌盪一下而已，不可能也不會違背職責。

「陳先生，該吃藥了。」

蔣秀雯接過護士的藥包，撐起丈夫細心餵食。三顆小藥丸，陳燦福花了不少時間才嚥下，顯示身體機能已嚴重弱化，宛如根部腐爛的老榕。我不止一次想過，人生短短幾十年，不管如何保養與運動，吃多少養生食品，當年齡接近臨界點時，沒有人可以抵擋身體機能衰退與病魔糾纏，但世人又都認為自己能永遠安康健壯，或透過各種方式企圖延年益壽，等到死神佇立一旁時，才會明白怎樣也逃不過宇宙的生死循環。

「記住我說的話嗎？」陳燦福躺回床上，用力喘了幾口氣，再用虛弱聲音叮嚀。「妳保留現在住的房子和郵局存款，其他都平均分給立國和立民，好讓他們有創業資本，不要再像我們年輕時那麼辛苦。」

「我不懂也不會，這些事等你病好以後再處理。」

「好不了了，我知道好不了了，甚至可以感覺到勾魂使者已經來到身邊，靜靜等待時辰到達。」

陳燦福是病入膏肓胡言亂語嗎？不，世人對自己的死期有預感並非無稽之談，因為自己的身體狀況自己最清楚，終生的是非功過也只有自己最明白，加上瀕死之人氣場由陽漸陰，增強了對罪過與死亡的敏感度，所以有些人確實能感應到死神正執著鐵鍊在旁等候的氛圍。

「不要亂說，你還可以活很久，你答應陪我環遊世界，不能言而無信。」

承諾價值多少？是否值得終身堅守？生為人時我便思考這些問題，可惜幾百年後的今天依然無法結論出肯定答案，因為履行承諾除了需要堅強毅力，更需要種種天時地利人和的條件配合，絕大多數都是有心無力，或根本話隨風散忘得一乾二淨，縱然有些人能堅持自己許下的承諾，也不代表最終承諾能圓滿，因為忘記的人可能是另外那方，或隨著環境變遷另一方已不滿足當初的輕易承諾，所以世間上能完整履行承諾的人並不多，導致承諾的價值逐漸稀薄。

「我知道妳不喜歡我有這種想法，但還是要告訴妳，我很感謝今生有妳相伴，陪我走過風風雨雨的歲月，我甚至無法想像，生命中如果沒有妳會如何黯淡與失序。」

從事勾魂使者三百年來，看過無數次人之將死其言也善的例子，絕大多數人都是在最後一刻，或失去後才會感念身邊默默陪伴與付出的人；可惜的是，這種言詞與表白通常沒有多大意義，充其量只能視為瀕死前的懺悔，鮮少有人在身強體壯或志得意滿時珍惜所擁有的一切，所以陳燦福的真情告白我完全無感，甚至覺得有些虛偽。

「我知道你身體不舒服所以容易胡思亂想，事情沒你想得那麼糟糕，好好靜心養病，一切都會好轉。」

「謝謝妳的安慰，但是我很清楚自己的狀況，今生我沒有任何遺憾，唯一掛念不下的是妳。」

聽過很多瀕死的人說今生沒有遺憾，但真是如此嗎？其實並不然，很多人死前堅稱了無遺憾，跪在森羅殿堂時卻又驚覺遺憾竟然超乎自己想像，因為人的慾望不會因年齡增長而消失，反而會隨著時空環境不同而改變，所以有些遺憾只是遺忘，孽鏡臺前瀏覽過往時，深埋的記憶就會一件件被挖出，重新看見被遺忘的遺憾，所以我不相信陳燦福的了無遺憾說，並認為他只是遺忘了遺憾。

陳燦福閉著眼睛不再說話，呼吸開始緩慢而微弱，任何人都能看出他的生命逐漸走到盡頭，猶如即將熄滅的微弱燭火，在風雨侵襲不到處殘喘，雖然不認同他的許多說詞，卻必須承認自己心底欣羨著他，因為不是每個人瀕死前都有最愛的人陪伴在側，很多人的魂魄突然就被勾走了，甚至死亡好幾天才被發現，所以就這個角度而言，陳燦福是幸福的。

可惜欣羨歸欣羨，閻王注定三更死，絕不留人到五更，時辰已到，我不能繼續受夫妻情深的氛圍影響，更不可能違背陰律網開一面，幽冥律法如此森嚴，該執行的任務依舊要執行，所以趁蔣秀雯上廁所時，我不慌不忙地拿出鉤魂鍊往前拋，迅速勾出林三鄉的魂魄，他就像所有新魂一樣，魂魄離身的剎那完全茫然，呆駭地舉目四顧不知發生何事，直到枷鎖套在身上時，他才恍若夢醒地望著我，並開始恐懼與顫抖。

我幾乎不用花費任何力氣，只需自顧自地往幽冥路上走，林三鄉就會在鉤魂鍊的牽引下跟隨，更不可能掙脫枷鎖的囚梏。其實並非所有新魂都必須重鑄枷鎖，端看生時作為與福報，有些新魂甚至連鉤魂鍊都不需要，只需示意默默跟隨即可。當然，我是勾魂使者不是閻王或生死判官，無法瞭解世人的因果業報，需不需要上枷鎖完全依照生死簿上的註記，林三鄉的資料標明必須上鎖上鍊，我自然要照規定辦事。

幽冥路一向黝暗，毫無任何星點光芒，而且冰寒，總能使新魂沿路哆嗦不已，但對鬼魂而言沒有所謂的黑暗，因為鬼魂在漆黑黝暗中仍可視如白晝，所以我能清楚看見林三鄉臉上的驚懼，但也如所有新魂，驚懼不會在臉上維持太久，很快就會轉成接受，面對自己已經死亡的事實。

「我知道自己喝太多酒肝硬化，但是喝酒是因為生活壓力大，不應該因為這樣就死。大人，你確定沒有抓錯人嗎？」

坦白說，剛就任勾魂使者時，我會耐心向新魂解釋自己絕對不會勾錯魂，後來發現每個人都會認為自己不應該那麼快死，幾乎都會訴說自己還有多少事未完成，甚至有些新魂會強烈質疑我一定勾錯魂，所以幾次以後我就懶得解釋了。

「我知道自己生前做過許多壞事，包括有時心情不好會毆打妻小，詐騙朋友開開玩笑，甚至偷點小錢，但是這種小錯誰不會犯，有必要得到手銬腳鐐對待嗎？」

見到自己被重鑄枷鎖，林三鄉不停訴說生前如何委屈，如何逼不得已才犯下過錯。說真的，類似言詞我實在聽太多，磨到耳朵幾乎要長繭，所以他的話絲毫無法讓我有所反應，更遑論憐憫之心，何況是非善惡並非勾魂使者能定奪，我們只負責勾魂引魄前往交簿廳報到，林三鄉死前沒有親人陪伴在側，獨自孤伶伶地躺在病床，光憑這點便可推算絕非他口中的小過錯，甚至可以推測出他妻小心中有恨，所以當林三鄉一路上為自己辯駁，甚至請求我在冥王面前為他說幾句好話時，我只會覺得啼笑皆非和愚蠢，因為與其死後向勾魂使者求情，倒不如生前節制自己行為，可惜世人總要等到變成鬼才會乍然覺醒。

雖然陰律沒有禁止與新魂交談，但我完全沒有興趣和林三鄉對話，因為他的言詞與行為我不知已經看過幾千萬回，甚至能預知他會說些什麼、做些什麼，包括試圖偷偷掙脫枷鎖，所有行徑我閉著眼睛也能瞭若指掌，所以只是默默帶他走向秦廣王的第一殿，然後在交簿廳裡順利完成交接，臨走前他仍用哀求眼神看我，我理也不理地轉身離開。

路上遇見牛頭張和，與他相識已經超過四百年，當我還是鬼魂尚未升任勾魂使者前，更精準地說，作為人身時便已是朋友，死後在冥界待了一百多年，各自了結因果業力後張和先被升任為牛頭，並在五殿閻王前效力，我之所以能升任勾魂使者，有一部分確實是由他推薦，所以我們的情誼絕非第三者能想像，可惜平時各自公務繁忙，加上職司不同，所以沒有太多時間相聚，所以當張和表示會找時間帶瓶酒去我的元神宮時，我當然表示隨時歡迎與期待之心，因為人不能沒有朋友，鬼也一樣。

三百年又四天

按照生死簿上的資料到達現場，是一處風光明媚的小山坡，雖然沒有遠山煙雲繚繞的夢幻景致，但開闊視野還是能使心胸舒暢，周遭樹木扶疏，雜草野花叢生，少了蓊鬱蒼翠，同樣具有心曠神怡效果，每次呼吸時，泥土的芳香總能傳遍每個毛細孔。三百年來忙碌於公務，除了幽冥世界，所到之處不是醫院，道路旁就是災難現場，大自然的清靜恬淡早已變成模糊記憶，所以能重回自然也算是收穫，畢竟人或靈不管如何汲汲營營，最後仍將回歸自然。

站在小山坡頂舉目四盼，日光像翻滾的鑽石炫麗無比，在每個反射處綻出一道道璀燦光芒，不過周遭確實人煙絕跡飛鳥罕至，只有流浪的風遊走於蒼穹下，摩挲初春慵懶的溫暖。

荒榛山野沒有人跡自然沒有死亡，那要如何進行勾魂工作呢？三百年來我依照生死簿顯現的資料辦事，儘管總是提早到達現場，但是誰該死，何時死，該死於何處，從未失誤，所以我一點也不會懷疑自己跑錯地點，該了結的生命過程總會鉅細靡遺在眼前上演。

果不其然，幾分鐘後就看到兩輛汽車由碎石山路呼呼而來，掀起霧恍恍如迷幛般的煙塵。

未久，兩輛汽車戛然停在面前，在小山坡上唯一平坦處，並走下六七人，其中一人被壓制行動，而且面露驚恐。

「把他押過來。」

徐東民以將領姿態吆喝指揮，臉頰略紅雙眼略濛，卻透露出狡猾與兇光。方漢春極力抵抗並試圖掙脫，卻因此惹來一頓毆打，拳頭與棒棍雨點般落在身上，痛得他縮在地上毫無反抗之力，宛如一塊泡水腐爛的抹布任人擺布，虛弱地被阿風與阿故強拖到山崖邊，崖邊有個不算淺的坑洞，顯然是事先特意挖掘，坑洞旁是陡峭山坡，幾百公尺的陡坡大小卵石裸露而且寸草不生，使人望之生怯。

為什麼我能知道他們的姓名？沒為什麼，我就是知道，因為每位勾魂使者只要望一眼凡人面孔，他們的姓名資料與背景便會在腦中浮現，所以我必須再說明一次，勾魂使者絕對不會勾錯魂。

「再問一次，什麼時候還錢？」

「徐老大，請再給我幾天時間，公司收到帳款一定連本帶息還清。」

方漢春氣若游絲地表示，工程已告段落，帳款很快便能入帳，只要多寬限幾天，清償借貸絕對不是問題，但他的說詞徐東民顯然無法接受，而且從鼻孔嗤出聲音，一臉不屑與不耐。

「你知道這句話我聽過幾次嗎？」滋地，徐東民從嘴裡射出一團紅色檳榔汁，而且故意整坨罩在方漢春臉上，他的雙手被架住，只能任憑紅色汁液從臉頰慢慢涎落。「把我當成白癡耍？太久沒踹你，都忘了我穿幾號鞋，還真以為我們是慈善機關。」

狠話撂下後，阿風與阿故立刻又開始拳打腳踢，拳拳重擊，腳腳狠踹，打得方漢春骨頭喀喀響，鮮血從嘴角與裂開的傷口淌出，全身淤青腫脹幾乎體無完膚。我向前靠一步，透過心靈傳導凝聽他的心音，發現他的思緒紊亂，腦中一片空白，所有知覺感官全被疼痛填滿。

「幹！骨頭有夠硬，打到手扭到。」阿風甩著手抱怨，還不忘補上一腳洩恨。

「這樣蠻橫沒有法紀，難道不怕天譴報應？」

遍體鱗傷的方漢春仍試圖抵抗，卻只能用嘴皮逞強，可惜詛咒與恫嚇非但得不到任何效果，還引起哄堂大笑。

「你是不是神鬼片看太多了？告訴你，怕法律就不會開錢莊，怕報應就不會打你，而且你還不明白嗎？這世界根本沒有報應，否則我不知道被報應過幾百回，欠債還錢天經地義，說這些想嚇唬誰？」阿風憋著笑，要方漢春睜大眼睛看清現實。

這世間有沒有報應？站在我的職司立場肯定要說有，而且必須捍衛其價值，但若站在個人，不，個鬼的思維角度而言，其實我也常感迷惑。舉例來說，詐騙集團將人一生的積蓄騙光，最後遭到警方逮捕鋃鐺入獄，普世觀念這是報應；但他們沒被逮捕前可是將別人辛苦一生的血汗錢花得很爽快，絕大部分的人別說有機會那樣爽快花錢，恐怕終其一生也沒看過那麼多錢，而且詐騙集團就算遭判幾年徒刑，在監獄裡為自己的行為負責，那些被騙光家產的人就要自認活該倒楣？這又算是報應？有人忠心耿耿不搞外遇劈腿，每天努力工作日夜不休，只因為時運不濟無法累積大筆財富，結果被厭嫌厭棄一腳踢開，最後可能鬱鬱而亡或自尋死路，另一方與新情人快樂逍遙，幾年後可能遭遇相同命運被拋棄，這是報應，而且大快人心，但被一腳踢開的人就要自認活該倒楣，忠心耿耿努力付出得到的是被厭嫌厭棄，另一方雖然嘗到自己如何對待別人的滋味，但在此之前可是快樂逍遙和得到種種呵護，所以這算是報應？更別提有人莫名其妙被殺死，兇手就算判十個死刑也還不出一條人命，所以很多時候我確實很懷疑真實且公平的報應是否存在，或只是一種恫嚇與安慰自己的說詞而已。

「不要跟他瞎扯，埋起來埋起來，我就不信他的嘴巴還能多硬！」

這句話非常具有恫嚇效果，我隨即感受到方漢春由內而發的恐懼，甚至能聽見毛髮豎立後的戰慄聲。他開始擺低姿態，賠不是，道歉外加磕頭，哭喪著臉向徐東民哀求，心裡卻想著世間果然沒有天理，人間殘酷的事實是弱肉強食。

何謂天理？不就是一番大道理，一條條懲惡賞善的法則，但當世人吶喊沒有天理時，卻忘記凡事都有前因後果，以方漢春的例子來說，如果他能聽取老婆規勸，遠離諂媚小人，多將心思放在事業減少無謂應酬，縱然事業一時陷入低潮也不至於向地下錢莊借貸，既然走到這一步更應痛改前非尋求澈底解決之道，至少利息按月繳，自然不會被押到山上逼債毆打，所以徐東民等人的行徑雖然可惡，但荊棘自顧自地長在地上，任何人不去碰觸就不會被刺傷。

這裡必須寫段題外話，世人對勾魂使者頗有偏見，認為我們冷漠無情又可怖，卻特意忽略我們只是遵循陰冥律法辦事，而且深知每個人每件事的前因後果，例如我瞭解方漢春現狀雖然可憐，卻是自作孽的結果，因此換個角度想，倘若世人擁有相同能力與工作責任，會同情每個現狀可憐的人嗎？坦白說，可憐不完，也無法可憐。

儘管方漢春使盡力氣掙扎抵抗，還是被推入坑洞裡，他不停狂呼吶喊，淒厲聲卻只能隱入遠方，完全沒有盪出任何回音。

「放我回去，放我回去才能籌錢！」

眾人毫不理會鬼哭神號的哀求，繼續一剷一剷將泥土往洞裡倒，宛如土石流般傾瀉而下，讓方漢春恐懼到幾乎發狂，發出的哀嚎聲比山魅更使人心驚，卻只能眼睜睜看自己被泥土一吋吋淹沒，從雙腿無法動彈到腹腰部無法扭動，最後終於感受到強大擠壓力量，使得呼吸困難，逼迫他必須張開嘴用力吞吐才能得到空氣。

「把我埋在這裡……沒有意義，必須……放我……回去……才能籌錢。」

無效地掙扎後，方漢春的聲音開始斷續不連句，只剩無意識的哀求，而且由於全身被埋在土裡，體力消耗速度極快，導致心智逐漸呈現虛弱彌留狀態，反抗聲因此越來越小，越來越失去希望，但這些狀況看在徐東民眼裡完全不以為意，他走過來用力踩踏泥土使它更緊實，然後蹲下去拍拍方漢春的臉頰，朝他鼻孔吐煙，再露出比勾魂使者更詭邪的表情，驕傲放肆地裂嘴大笑。

「誰說把你埋在這裡就不能籌錢？」

說完後徐東民隨即熟練地在行動電話上碰觸，接通後立即擺發出嚴厲口吻。

「妳老公在我手上，被我埋到只露出一顆頭，妳大約還有兩個小時可以籌錢還款，時間晚了請準備收屍。」說話的同時，徐東民還盯著地上的頭顱看，不但越看越覺得滑稽，而且忽然湧起一股衝動，很想站起來用力踹一腳，看頭顱會不會像足球一飛沖天。「可以，我叫他和妳說話。」

方漢春滿頭泥土，眼睛鼻孔和嘴巴也布滿泥沙，他擠出所有力氣，努力將耳朵湊近行動電話。

「老婆，對不起，請妳趕快籌錢，多少都沒關係，先救我……。」

話沒說完徐東民就將行動電話拿走，並再次對方漢春的老婆叮嚀，他不保證人可以被埋在土裡多久，所以行動越快越好。掛上電話後，徐東民忽然很佩服自己，竟然可以想到這個方法逼債，比起潑油漆、打電話恐嚇對方家屬，或到公司糾纏鬧事等等不知道有效率幾倍，簡直可以和無薪假同列最佳發明獎，所以他得意地猛塞檳榔和抽菸，蹲在旁邊看土堆上露出的頭顱，驕傲得無可言喻。

「老大，那現在要幹嘛？」阿故放下圓鍬，眼睛盯著方漢春，心裡同樣感到滑稽想笑，卻不敢笑出聲。

「等他老婆籌錢。」

「要等多久？」

「他那副模樣能撐多久？」

說的也是，一個人被埋到只剩一顆頭露出地面，就算體力能支撐，意志力也維持不了多久，因為壓迫感與恐懼會以最快速度消耗意念，使人陷入最澈底的絕望境地，然後慢慢地，無意識地向死亡靠攏。

「突然很想尿尿。」蹲在頭顱旁的阿故突然起了歹念，完全突兀又神來一筆的壞念頭。

「尿啊！」

現場湧起一陣哄笑，大夥都表示阿故的想法雖然很絕，但是看到地上的頭顱確實有股衝動想在上頭尿尿，這可嚇壞了方漢春，因為被埋入土裡已是人生最大羞辱，如果再讓眾人澆淋尿液，心裡的創傷肯定此生此世都無法撫平，所幸阿故只是一時念起，假裝做出尿尿動作沒有付諸行動，這才讓方漢春驚嚇的神情稍稍和緩。

我蹲到頭顱旁，仔細且慎重地傾聽方漢春的心音，聽到他無比痛恨眾人行徑，並怪罪上蒼總是讓壞人與壞計謀輕易得逞，循規蹈矩辛苦努力的人總是很難獲得成功，他也責怪滿天神佛一向欺善怕惡，對混混流氓為非作歹的人比較慈悲，總能給予多次機會，藉此彰顯身為神祉的寬大胸懷，對平民百姓與善良的人卻是嚴刑苛法，只要犯一次錯就可能永無翻身之日，心存歹念的人卻很容易東山再起，從來只幫助邊緣人或能力本來就很好的人，聽不到一般老百姓夜晚的祈禱與哭泣聲，但沒多久我也聽到方漢春開始為自己的行為懺悔，後悔沒有採納妻子的忠言告誡，以為自己是天，能掌控一切，世界上沒有他不能扭轉的局面，如今卻因為自負落到如此境地，而且連掙脫的能力也沒有，他懊悔得不斷哭泣，淚水混和泥沙糊在臉龐，還發誓如果能順利脫困，一定要澈澈底底洗刷今天所承受的屈辱。

三百年來我聽過無數次類似心音，全都是在瀕死最後一刻才懺悔，所以方漢春的悔恨並無法讓我有太多感覺，甚至為這種不見棺材不掉淚的人性感到可悲。這世間有太多如果，如果可以這樣，如果可以那樣，如果可以重來一次就怎樣，可惜數不清的如果全部不可能如果，如果只是世人頑強抵抗的幻想與乞求，最後注定都會落空，一如此時方漢春的懺悔與掙扎，完全無法抵擋身體周遭與精神面越來越大的壓迫力。

我伸手放在方漢春頭頂，藉由實體傳導感受他的一切，包括思想與身體的機能變化，感受他的呼吸頻率越來越慢，吸入的空氣越來越稀薄，視線越來越模糊，神智也越來越像霧，宛如垂在枝枒搖搖欲墜的枯葉。他很想喝水，很想吶喊，很想騰出一隻手清掉臉上不舒服又搔癢的泥沙，更想從土裡掙脫而出，用殘餘力量和徐東民等人搏鬥，卻一點力量也使不出來，只能茫然地感受生命正一點一滴流逝，時間的轉輪越來越慢，最後只剩一絲絲微薄意念在腦裡盤旋，希望他老婆能趕在最後一刻前來搭救。

我呢？我也在等，等時間到達，因為勾魂使者雖然負責勾魂引魄，卻不能違背陰律提前或延遲行動。

「說真的，還真有股衝動想一腳踢過去。」阿風拍拍身上殘沙，盯著方漢春頭顱戲謔地說。

「我也是耶！很想試看看能不能踢到對面那棵樹。」阿故附議，而且晃動右腳做出踢球動作。

「憑你？算了吧！」徐東民譏言反諷，壓根看不起阿故瘦骨如柴的身形。「看那雙瘦巴巴的腳就知道沒什麼力氣，我還差不多，告訴你們，以前我可是足球校隊，黃金右腳聽過沒有？我只要這樣一腳踢過去，肯定飛過那棵樹。」

徐東民起身找來一顆石頭，擺出當年校隊的英勇姿態，然後抬起右腳奮力踢去，卻沒能將石頭踢得老遠，而且連碰都沒碰到，惹得大夥哄笑不已。

「笑什麼，這是錯誤示範，睜大眼睛看，這次一定飛過那棵樹。」

收斂起尷尬表情，重新撐起戰鬥力，徐東民決定讓眾人心服口服，讓他們知道自己不但行事風格夠兇狠，各方面能力也在眾人之上，於是他吐掉嘴裡的檳榔渣，拋棄還有半截的香菸，仔細瞄準角度，度量好該使出的力道，然後用盡全身力量舉起右腳踢出，剎那間石頭應聲飛起，直挺挺地朝遠方竄去，但當眾人歡呼起鬨時，卻沒料到徐東民竟然一個重心不穩，整個人順著踢出力道往前踉蹌撲倒，而且直接摔落到山坡下，沿著卵石嶙峋的坡道一路滾落。

我如何看待這起意外？當然是不慌不忙地起身，看著一路滾落的徐東民，仔細算準時間，在他頭部撞擊裸露巨石時，立刻將鉤魂鍊拋出，把他的魂魄勾出來，完全沒理會現場的驚呼聲。

當徐東民的魂魄還在錯愕茫然時，我已經將枷鎖套在他身上，他一點反抗能力和意識也沒有，剛才的狠勁與狂妄消失殆盡，雙眼愚騃四顧，絲毫未能察覺自己已在那瞬間死亡，直到轉頭望見我，臉色才驟然轉為青白，並開始不自主地顫抖，驚恐程度比埋在土裡的方漢春還要劇烈；再說一次，我不醜也長得不可怕，甚至一點表情也沒有，他的恐懼來自於自己。

「我死了？就這樣死了？」

短短兩句話他幾乎無法接續，而且口齒不清地彷彿會咬斷舌頭。我不需要也不想回答，只是冷冷盯著他，用我身體散發的黝黑氛團讓他得到該有的答案，然後默默轉身，將他拖到幽冥路上。

在交簿廳遇見同是勾魂使者的鄭永欽，我們閒聊了幾句工作近況，他也帶了新魂前去報到，我不經意望一眼他勾引的魂魄，情緒卻因此怔忡。沒想到時序經過四百年，再見面竟然還能滌盪內心，雖然她沒認出我，我卻整夜輾轉。

三百年又六天

電視正在播映重案奇錄，一名慣竊闖入老夫婦家中行竊，恰巧被回家的老先生撞見行徑，雙方扭打時失手將老先生打死，混亂過後竊嫌萌生一計，將老先生的屍體扛到隔壁空屋藏匿，然後打電話向老婦人勒索，表示不支付兩千萬就要將老先生撕票殺害，老婦人隨即報警，警方多方偵察後認為事有蹊蹺，經過鍥而不捨追查終於戳破竊嫌謊言，並將其繩之以法。

吃完泡麵林相凱仍意猶未盡，打開冰箱看到一塊蜂蜜蛋糕，滿意地拿到沙發邊看電視邊享用。

屋外下著傾盆大雨，春雷在遠方悶悶作響，我站在陽臺仰頭想讓雨滴黏在臉上，可惜水珠卻從臉頰直接穿透到地板磁磚。在世時喜歡下雨，尤其喜歡在雨中漫步，記得某次雨中踱步時，朋友驚訝地問為何不快跑，我反問，前後左右都在下雨，跑的意義是什麼？朋友啞口無言，放下心與我享受濕淋淋的暢快感。

下雨具有浪漫和悲傷雙重意義，全憑當下心境分野，在十二樓眺望雨霧茫茫，配合淅瀝瀝的雨聲無疑是浪漫，但對一名勾魂使者而言，浪漫是工作上的忌諱，因為陰律森嚴不容參雜自我情感，所以我的浪漫情懷只能鎖於胸臆，卻仍不禁想起交簿廳見到的那抹身影——黎巧兒，曾經讓我魂牽夢縈，互相許下生生世世承諾的人，可惜事實再度證明，世間的承諾如此脆弱，四百年後的她顯然已不復記憶。

吃完蛋糕後，林相凱感到口乾舌燥，於是從冰箱拿起可樂仰頭狂飲，打了兩個飽嗝後才心滿意足。

關上電視，走進臥房，芳香氣味立刻撲鼻而來，可想而知，女生的臥房才會如此芳馨淡雅。林相凱坐在床上，輕輕撫摸軟綿的絲綢床單，心中想著和菁菁無數次的纏綿景象，那一聲聲愛你，抱緊彼此的激情。梳妝臺上除了保養品與化妝品，引起林相凱注目的是那條黃金心形項鍊，那是跑了幾家商店，精心為菁菁挑選的生日禮物，如今卻被棄置於梳妝臺角落，而且可以看出久未穿戴，不禁讓林相凱湧起一陣酸楚。

衣櫃裡掛著各式季節衣服，他能說出每件衣服的購買經過，以及其中所包含的深濃情感。八年不算短，足夠澈底瞭解雙方心性，磨合彼此歧見與個性，共同勾勒願景，讓倆人的未來充滿希望。記得菁菁曾說，只要倆人同心協力世上便沒有不可能的事情，那是多麼溫馨的承諾，多麼令人感動的柔情，縱然事隔多年，每次回想內心依舊翻滾著潮騷，甜滋滋地膩透毛細孔。

過往猶如不停轉的水車，一幕幕一場場在腦中重複播放，澎湃情感讓林相凱忍不住將菁菁的貼身內衣褲放在鼻前，用力吸取令自己神魂顛倒的氣味。林相凱記得他曾對菁菁說過，自己是個重視味道的人，只要體味相投，不管美醜，不論個性是否嬌縱，總會讓自己陷入無可自拔的迷戀，當時菁菁還嬌嗔地說，難道她不夠美不夠溫柔，只剩氣味能勾魂引魄？於是他回她，我的愛，妳很美，也很溫柔，自然散發的馨香更是傾城絕倒，濃烈得令所有男人愛不釋手。

聆聽林相凱的心音，我竟感到無比噁心，而且雞皮疙瘩掉滿地，不為什麼，就是覺得虛偽；或者說，那種偏執令我無法接受，但這也凸顯愛情的確會使人喪失心智，只有少數人能理智處理，可惜我並非兩性專家，幾度輪迴轉世時，也數度為情感迷失理智，所以沒資格評斷他人對情感的定義與堅持。

驟雨擊窗發出沙沙聲響，林相凱走到窗前觀望，想起菁菁支氣管不好，稍微吹點風淋點雨便會咳嗽，所以開始擔心她是否能躲過突變氣候。轉頭望向時鐘，九點整，已經超出平常回家時間，是被雨勢耽擱，還是有其他未知理由？每次驟雨時，林相凱總會泡杯熱參茶或煮鍋熱湯，然後撐著傘在大樓門口等候，等菁菁回家時為她驅寒與獻上溫暖，每次菁菁都會蜷他身上說幸福就是有你真好，嬌嗔地問愛不愛我，愛多久，會不會愛到海枯石爛？輕柔聲調宛如睡夢中的美麗莊園，使人想永遠沈溺其中。

不可否認，林相凱的心音聽得我心湖蕩漾，並因此陷入深沉記憶中，但過往已成雲煙，而且永遠無法重來，這不僅是勾魂使者的悲哀，也是世人永難撫平的痛。

九點零五分，門外響起鑰匙碰撞的叮噹聲，林相凱用最快速度關上電燈，然後竄到風雨交加的陽臺，蹲在我腳前。

進門打開燈後，菁菁怔了一下，但隨即回復神色，將手提包丟到沙發後走進浴室，邊用毛巾擦拭髮上雨滴，一邊轉往臥房換穿輕鬆衣服，回到客廳時鈴聲正好響起，菁菁連忙從手提包掏出行動電話。

「到家了，嗯，淋到一點而已，我知道，等下上線再聊，我也愛你。」

掛上電話後打開冰箱，不禁又怔了一次，並立刻轉頭張望，雖然狐疑不已，但實在看不出任何異樣。菁菁心想，或許自己記錯，以為還有一塊蛋糕，於是關上冰箱門走到電腦前，等待開機的時間裡，她將毛巾放回浴室，順便坐到馬桶上小解，這一切都看在林相凱眼裡。雨勢並未舒緩，他全身已淋濕，並開始顫起哆嗦，卻只能繼續躲在陽臺窗簾後面。

電腦開機後菁菁立即點開即時通訊軟體，暱稱「愛妳長長久久」已經上線，菁菁坐到椅子上，點開視訊通話。

「我懷疑他有回來過。」

「前男友？」

「嗯。」

「拿走什麼東西嗎？」

「沒有，只是感覺他有回來。」

「妳還是應該聽我的建議，趕快把門鎖換掉。」
「不需要，我很瞭解他，過一段時間就不會再來了。」
「但這樣會給妳帶來困擾。」
「這位仁兄確實是很大的困擾，但是我欠他一份情，暫時只能忍耐。」
雖然隔著落地窗，林相凱還是能聽到對話，短短幾句讓他情緒激動不已，深感自己情何以堪，八年感情與相處，八年付出與容忍，最後換來一句「這位仁兄」，菁菁絕情絕義的語調令他心寒，一如不斷襲來的雨，凜冽到骨髓也幾乎凍僵。
「我已經訂好旅館。」
「也好，明天向公司請年假。」
「消失個幾天，或許能擺脫他的糾纏。」
「希望如此。」
為了存錢買房，林相凱和菁菁決定省吃儉用，所以他們幾乎沒有額外消遣，更別提旅遊度假，假日時頂多逛百貨公司或賣場，平常則窩在家裡看電視，剛開始菁菁很滿意有目標的安逸生活，但林相凱知道菁菁喜歡四處旅遊擴展視野，所以除了決定盡快達成購屋目標，並利用時間兼差，希望多賺點錢帶菁菁去她想去的地方，沒想到卻被傳銷公司詐騙損失一大筆錢，經濟非但沒有更寬裕反而更結据，而且事發後心情與工作一直不順利，最後兩人終於開始爭執鬧意見，為生活，為未來，更為錢。

剛開始林相凱認為只是短暫現象，是生命過程必然的低潮，相處久後必然的分歧，很快就能雨過天晴重回黏膩情感。可惜事實往往與願相違，半年前菁菁慎重地說不想再過沒有樂趣的生活，自己的未來不願囚鎖於平凡，最重要的是，她已經喜歡上別人，因此要求分手。

「為什麼？我做錯什麼？哪裡不夠好？」

「你沒有做錯什麼，世界上也沒有人比你對我更好，問題是我對你已經沒有感覺，你明白嗎？」

「妳突然這麼說，要我怎麼明白，怎麼接受？」

「如果你真的愛我，就該為我的未來著想，放了我吧！」

晴天霹靂無法接受，加上菁菁的絕情冷漠，林相凱心寒得不知所以，怎樣也沒想到多年努力頃刻化為灰燼，彷彿昭告人生不必努力，因為最後終會被澈底抹煞，而且不存任何眷戀，但林相凱仍抱著希望，認為菁菁只是一時受到外界迷惑，沒想到菁菁的態度異常堅決，除了把林相凱趕到客廳不許同睡一張床，更直接要求他搬離。林相凱死守客廳不願離去，每天依舊正常作息，但兩人卻已形同陌路，見面不打招呼，各自打理日常用品，直到菁菁特意帶新男友回家，並故意每天在他面前和新男友用視訊聊天，這才讓他明白一切已成過去，再也無法重來。

兩個月前，林相凱帶著破碎與絕望的心境搬離，離開這間曾經一起努力經營和打造的住所，當時菁菁完全不理會，依舊坐在電腦前與新男友視訊。

「有點累，想早點睡。」

「好吧，今天就這樣，晚安，愛妳。」

「我也愛你，晚安。」

菁菁關上電腦後本想進房睡覺，但還是要例行保養疲累一天的肌膚，順便聽聽新聞有何重大事件，於是打開電視轉到新聞台，然後躺在沙發上敷面膜。

雖然屋外雨勢已歇，林相凱依舊冷得發抖，而且從心底感到凜冽，因為菁菁用的保養品和化妝品，都是他在週年慶時花費鉅資，為她買下整整一年的使用量，如今卻是為他人妝扮，自己則變成生命中微不足道，甚至被急於擺脫的過客，每當想到自己落到如此境地，林相凱就會萌生強烈恨意，恨自己的痴傻，也恨菁菁的絕情，更恨世間沒有公理，所以今晚趁菁菁返家前悄悄潛回住所，憑八年共同生活的瞭解，知道菁菁睡前有敷面膜習慣，趁機躲在陽臺窗簾後，再伺機為自己討回公道。

這項計畫並非臨時起意，而是經過審慎思考，所以林相凱壓根不認為自己有錯，因為負心的人理當得到報應，否則世間就沒有公平正義，他只不過是替天行道，為人間留下警語案例。於是他深深吸了幾口氣平緩情緒，再從口袋掏出童軍繩，趁雨停風輕緩緩推開落地窗，躡手躡腳地入屋，邊走邊將童軍繩纏繞於雙手，度量出滿意又具殺傷力的距離。

由於太過疲累，加上電視聲音掩飾，所以菁菁絲毫沒有察覺林相凱已經走到頭頂，這是林相凱想要和預估的最佳狀況，因為他太瞭解菁菁，生活作息所有步驟都在估算之中，但走到菁菁頭頂時，不免漾起一場情緒，因為已經很久沒有如此近距離看那張所愛的臉龐，雖然此時覆蓋著面膜，過去的纏綿依舊有如泉湧，瞬間淹沒他的胸口，讓他的雙手忍不住微微顫抖。

林相凱想過很多次，只要菁菁給自己一個善意笑容或動作，心中的恨就能被沖散，甚至無法狠下心來執行計畫，所以他確實曾經想方設法挽回，包括下跪認錯展現更多溫柔，許下更重的承諾，可惜林相凱沒有估算到的是，當一個人變心後，過去的溫柔會變成糾纏，任何承諾都會變成可怕的負擔，絕情絕意會變成理所當然。

想起昨天守在公司門口，企圖作最後一次努力，卻得到更為厭惡厭嫌的對待，甚至不願再多看他一眼，所以此時雖然湧起不忍之心，恨意還是立刻填滿胸口，讓林相凱決定依照計畫進行，於是他抿緊雙唇，放慢呼吸速度，然後以迅雷不及掩耳的速度撲向前，將童軍繩繞在菁菁脖子上，使出全身力量勒緊。

菁菁完全沒有時間思考，因為勒緊的童軍繩立刻讓她沒辦法呼吸，身體只能不由自主地激烈扭動，雙腿不停在沙發上踢蹬，也試圖拉開頸上的童軍繩，以及反手阻止林相凱的行為，可惜林相凱的雙眼已經布滿血絲，像頭逮到獵物又發狂的獸，有意識和無意識裡只剩一個念頭，勒死菁菁，自己再自殺，讓世人瞭解自己受過什麼委屈與對待，負心的人應該得到何種報應，所以他越勒越緊，勒到手臂與臉上的青筋完全暴露，菁菁的反抗力量也越來越弱，意識越來越模糊，所有動作只剩動物求生本能的掙扎，完全無法擺脫死神的召喚。

先澄清一下，最後一句是撰寫上的使用詞，我才懶得召喚任何人，只是站在落地窗邊冷眼看事件發展，絲毫沒有干預念頭，因為不管極端或溫和，每個人都要為自己的行為負責，縱然身為勾魂使者也不能插手，所以我照慣例冷眼旁觀，等待時機成熟時執行任務，靜靜看著林相凱失心瘋地勒緊童軍繩，菁菁抵抗掙扎動作越來越弱，最後看到菁菁在存亡之際忽然爆發動物反撲的力量，雙腳非常用力且無意識地一蹬，身體也頓時往上頂，這一頂剛好把頭撞向林相凱的胸口，讓林相凱承受驟然而來的劇痛，整個人反射性地傾倒，並撞到一旁的櫥櫃，擺在櫥櫃上方，那塊他和菁菁在藝品店買的玫瑰石搖晃了幾下，冷不防地掉了下來，並且不偏不倚砸在林相凱頭頂。

事件發展一如生死簿記載，所以在不算小的玫瑰石砸到林相凱頭頂時，我順勢將鉤魂鍊拋出，將他的魂魄拉出來，被勾引出來的魂魄照例一臉茫然，愚騃地看菁菁在沙發上用力喘氣，完全不知道發生什麼事，直到回頭看到我才剎時僵住，並隨即嚎啕大哭，一邊哭還一邊用最惡毒難聽的話咒罵滿天神佛。

「為什麼只有我死？為什麼負心的人不用得到報應？這樣公平嗎？這個世界還有公平正義嗎！」

我該回答什麼？三百年來見過無數類似案例，深深瞭解，被背叛者的倉皇與憤怒，絕對能使人失去理智，被拋棄的愕然與絕望感，絕對可以讓人產生極端思想，所以單從某種行為來評論是非功過有欠公允，因為每個人的主觀不同，感受更是南轅北轍，菁菁的確有權利追求自我，但林相凱同樣有權利追求公平正義，誰也沒有錯；當然，絕大多數人會認為林相凱可以用更理智與成熟的方法，例如努力奮鬥功成名就，然後拿一把錢往菁菁的臉上砸，但這種想法不過是主觀意識作祟，把自己的想法，屬於第三者的觀念套在他人身上，完全沒有體會當一個人陷入泥淖，並且不斷鑽牛角尖時的心理狀態，更遑論努力讓自己功成名就後拿錢往某人臉上砸，相信我，三百年的經驗顯示，多數人遭遇林相凱的事件與情境時，第一個躍入腦裡的念頭是自我了斷，其次是玉石俱焚，只是有人可以很快打消念頭，有人會一直深溺其中，甚至付諸行動。

所以我沒有回答，只是靜靜望著失控靈魂，因為那些問題爭議性太大，並非小小鬼差可以解出完美答案，何況我只負責勾魂引魄，林相凱想得到答案只能去問閻王，不過我還是起了一點點同情心，騰出一些時間讓林相凱盡情發洩情緒，讓他很暢快地哭，很過癮地罵，很用力地搥胸口，直到見他哭到三魂七魄幾乎各自逃逸時，這才輕輕施手一拉，將他拖到陰寒漆黑的幽冥道上。

三百年又七天

黎巧兒的形象一直盤旋腦中不去，讓我不得不承認已經影響生活作息，包括容易升起憐憫之情，例如我對林相凱的同情心，雖然沒有耽誤最終任務，但身為一名鬼差應該表現得更冷漠無情，一如我三百年來的堅持，所以絕對不能再讓此種心境發生，必須想辦法徹底斷絕。

幾經思考後，我決定去拜訪張和。

三百年又八天

張和去出任務，緝捕逃脫的鬼魂，這種事冥界常有，因為鬼魂在冥界必須接受各種懲處，上刀山下油鍋只能算是小兒科，最痛苦的是不斷重複的折磨，所以每一縷鬼魂都會想方設法逃離冥界，可惜就我所知，從來沒有一縷鬼魂成功突破黑色的網，最遠只能逃到冥羅空界邊境，縱然用盡所有方法也無法突破佛祖的法咒，所以張和等牛頭馬面很輕易就能擒回逃脫的鬼魂，否則陽間豈不是到處都是鬼？

寫到這裡，似乎應該交代一下冥羅空界。

眾所周知，宇宙分為天、人、地三界。

天，自然指的是天堂，包括無上佛、釋迦摩尼佛、觀世音菩薩、媽祖、玄天上帝等神祉，也包括有修為得善報的靈體居住場所，如果將之比喻為豪宅區也不為過。

人，指的是凡人居住世界，包含黑人、白人、黃種人，這點應該不須要贅述。

地，自然指的是幽冥空間，除了各殿冥王鬼差，接受懲罰的鬼魂，也居住著已經刑過期滿等待投胎的鬼魂。是的，冥界不是只有上刀山下油鍋等各式懲罰小地獄，也有所謂的平民區，說成貧民區也可以，因為除了罪大惡極打入十八層地獄，否則再多的懲罰也有功過圓滿時候，當刑期結束後，所有鬼魂必須待在冥界自己的元神宮裡等待投胎轉世，所以整個幽冥世界非常寬廣，而且劃分成很多不同區域讓鬼魂居住，鬼魂必須領有上級核發的通行證才能跨區行動，那張通行證我們稱之為「路條」。

在冥界與人界之間有個灰色空間，腹地不大，稱為「冥羅空界」，寸草不生，終日陰暗且寒氣逼人，歸毗羅王管轄。據說毗羅王法力高強，當年爭奪冥界主導權失敗後被鎖在冥羅空界中，但祂仍不死心，想盡辦法要闖出冥羅空界東山再起，方法就是吞噬更多鬼魂來增強法力和部屬，當然鬼魂不會那麼白癡平白無故跑去給祂吞下肚，並受到永生永世的控制，所以毗羅王會滿足人或鬼的願望，條件是必須出賣魂魄交換。

有人那麼笨只為滿足一時慾望就出賣魂魄嗎？確實有，就我所知有幾種人與鬼會出賣自己的魂魄，一是利益薰心，為達目的不擇手段的人，二是失敗困頓身心陷入極度絕望的人，雖然大部分會過著行屍走肉的生活，並對任何事失去興趣，但少數人在極度沮喪時確實願意出賣魂魄換得東山再起，或拿回失去的一切。這種人雖然看似愚蠢，付出的代價也很大，但值不值得卻只有當事人能評估，第三者不能用主觀意識去評論。三是受不了冥界各項懲罰的鬼魂，祂們會想辦法逃到冥羅空界投靠毗羅王，可惜沒有鬼魂成功過，因為佛祖在邊界布下有咒語的網，別說一般鬼魂，連我都無法突破。

說到這裡本來想一筆帶過，卻又覺得不妥，所以還是解釋一下何謂元神宮。

凡舉人類與動物皆有所謂的三魂七魄，三魂為天魂、人魂、地魂。

天魂，從某個角度來說可以解釋成善念，不生不滅，永恆的靈體，居於天堂裡的修善堂，也可以說成天堂裡的平民區，持續修為直到成仙成聖，當善為善報大於惡為惡報時，天魂的元神就會發出璀璨的光，並讓地魂與人魂的光芒黯淡。

人魂，可以泛指為人類的潛意識、第六感，或者靈光乍現的靈動，也包括所有的精神與情感、意志力、情緒反應等等，但人魂是多變的，是飄忽不定的，徘徊於肉身與墓地之間，所以人類的心境起伏往往變化多端，對是非善惡的決定性也容易驟然改變，端看哪一種意念的光芒比較強烈。

地魂，自然指的是鬼，或者幽靈，同樣不生不滅，永恆的靈體，當投胎轉世時地魂並不會因投胎而消失，而是在冥界裡保存一縷靈氣，那道靈氣守在自己的元神宮裡，元神宮就是地魂在冥界的戶籍地，生生世世不會除籍。所謂宮，是一間房舍，裡面只有一張桌子，桌上放置一盞元神燈與功過簿，當投胎轉世後，地魂依附在元神燈裡，並與肉身緊密相連，元神燈明亮時，代表肉身行好運賺大錢，或功成名就享譽天下，如果元神燈黯淡，甚至將滅未滅，代表肉身運勢慘澹，倒楣到連喝開水也會嗆死，因此陽間有所謂的觀落陰，藉由咒語法術去自己的元神宮，看元神燈明亮度窺視自己的運勢。功過簿自然記錄著生生世世的行為舉止。

所以天魂與地魂可以視為所有靈體的根本，永生永世不滅，但哪一方的光芒強烈到能主導一切，端看肉身的種種作為，所以鬼魂投胎前，必須守在冥界的戶籍處。

七魄，指的是眼、耳、鼻、舌、身以及紅內臟與白內臟的血。眼睛的血是澀的，耳朵的血是冷的，而且不易凝固，鼻子的血是鹹的，舌頭的血是甜的，身體的血是熱的，比較容易凝固。紅內臟是心、肝、脾、肺等諸臟器，味道是腥的，白內臟是腸胃和泌尿系統等諸臟器，味道是臭的。當七魄盡失，自然代表肉身向繁華世界揮手道別，一魄以上仍存就是植物人。

元神宮位於第一殿後方，歸秦廣王管轄，有完整的社會結構，包括市集，交通工具與屋舍。屋舍，也就是元神宮，甚至還有門牌號碼，但除了鬼差之外沒有階級之分，所有鬼魂位階平等。市集買賣用的雖是陽間燒來的紙錢，但幣值很低，縱然扛一大袋也買不了什麼東西，主要還是生生世世累積的福德才是鬼魂的資產，甚至可以用來以物易物或跳脫輪迴。

不過這又牽涉到一個問題，當一個人過世後，親屬為了表達敬意或孝心往往會燒些房舍奴婢，汽車電視，甚至飛機大砲等紙紮物品，這些物品在冥界是否能化為真實，並讓鬼魂享用？其實這個問題用膝蓋想也知道答案，假設黑道大哥死後，他的家屬或小弟燒一大堆槍砲火箭，黑道大哥不就可以繼續在冥界坐擁山頭？富人死後燒一大堆豪宅珠寶與錢財，不就可以繼續在冥界享受榮華富貴？那些都不可能，因為人死後什麼都沒有，陰陽兩地都成為泡滅，什麼都要重來，只有業力隨身，而且所有鬼魂一律平等。

鬼魂到陽間後，由於空間緯度不同可以短暫飄飛，但在冥界裡沒有這種能力，想去哪裡都要一步一腳印，絕對不是因為冥界沒有加油站的笑話，何況絕大多數鬼魂在冥界都必須面對審判與罪責，哪有那麼多美國時間四處遊晃，況且無論做什麼事或去哪裡都有鬼差看顧或押解，所以從另個角度來說，鬼魂在冥界是沒有所謂的自由與鬼權，必須像我一樣用很長時間了結因果，再增持修為後升官，才能搬到另個層次的官邸區，並享有更多能力與權限。

在張和的元神宮裡等了大約兩個時辰，見面時卻沒有錯愕神情。

「我知道你為何而來。」

「是嗎？說說看。」

「黎巧兒。」張和坐到桌邊，在行程簿上寫下任務簡報，那種行程簿我也有，每次執行完任務都要填寫並往上呈報存檔。張和書寫完畢後放下筆，轉身望著我。「幾天前看到黎巧兒在五殿受審，當時就猜到你會來找我。」

「不該來嗎？」

「站在朋友立場，我認為不該來。」

「不，我認為應該來。」鬼魂不須要藉由喝酒抽菸凝聚思想或反應情緒，但此時我卻突然很想抽根香菸。「本來以為和黎巧兒的因果已經了結，生生世世不會再有任何牽連與交集，但四百年後再相見，我認為這是一種訊息，意味著我和她還有未了結之處，懂我的意思嗎？」

照理說，了結因果的魂魄彼此不會再見面，縱然相遇也不會在心底激起漣漪，因為彼此已經沒有瓜葛，無法交集出任何情緒，但見到黎巧兒當天我就整夜輾轉，並走進張和的元神宮，代表四百年後再相遇是冥冥中的安排，絕非偶然邂逅。

「那你打算怎麼做？」看來張和已經明白我的意思，他略微思考後抬頭問。

「我不知道，毫無任何頭緒，不過瞭解她的狀況應該是第一步。」

「這個不難，我去找判官打聽就能瞭解她的現狀。」

「麻煩你了。」

本想繼續聊，好好補足許久不見的情誼，可惜生死簿卻即時浮現任務，我只好起身向張和告別，但臨走前他忽然叫住我，神情很慎重。

「相隔四百年了，你認為值得嗎？」

我沒有回答，只是對張和露出淺淺微笑，因為我也不知道值不值得。

三百年又九天

下著雨，世界一片蒼茫，城市浸在潮濕沈重裡。春雨，有些沁寒。幾隻流浪狗穿越大街小巷後，停在騎樓抖擻，揚起一場小小的水霧漫漫。

倚在陽臺朝左下方看，雖然八樓風雨格外凜冽，但亞威卻不覺得冷，甚至從未如此冷靜看待雨霧濛濛。是的，這段期間來情緒總是波濤洶湧，雖然極力克制自己，依舊無法抵擋幾近瘋狂的衝動；意外的是，今夜特別平靜，宛如無波瀾的潭。

「你這樣會給我很大壓力。」

「什麼時候開始對妳好變成壓力，以前不是說我的貼心行為讓妳感到幸福？」

記得那次同樣的冷雨擊窗，雲層底下幻影重重，天空累積數十次悶響，亞威焦慮地站在陽臺盯著巷口，祈求雨神能暫時止住怒氣，好讓郁琳能避開風雨不受寒。等了許久許久，終於看到熟悉的身影轉入巷口，他立刻走進廚房，將爐上用小火保溫的熱湯端到桌上，然後拿著乾毛巾站到門口，等郁琳入門後立刻接過雨傘，為她拭去身上雨水，詢問有沒有受寒，催促進屋喝熱湯。看到桌上裊著熱氣的晚餐以及貼心的行為，郁琳感動得抱住亞威，溫柔的說：

「幸福是——縱然風雨摧殘，也要廝守到地老天荒。」

幾個月前的某天，同樣的風雨，同樣的湯，同樣的毛巾和噓寒問暖，郁琳入門後卻神情冷漠，自顧自地走進客廳，然後用不耐煩口吻說：

「你這樣會給我很大壓力，為什麼要等我，為什麼要做這些事，難道我不會自己處理？」

望著幾近陌生的臉孔，亞威拎著毛巾愣在門口腦中一片空白，錯愕得不知如何表達情緒，甚至當郁琳碰一聲關上房門剎那，他才意識到兩人之間不知何時已經隔了層層障礙，而且距離如此遙遠，遠得讓他觸摸不到曾經的什麼。

受雨侵襲的夜來香垂在枝梗上，頹廢得失去希望，背負過多期待的茉莉躲在牆邊搖晃，承受風雨加諸更多重量，亞威望向騎樓前的廣告旗幟，宛如一面面幢幡，在質量很重很沉的夜裡召喚，卻喚來一陣陣利刃飛箭，刺在胸口與十二指腸，讓全身毛細孔滲出濃濃的澀與酸。

「我的確已經習慣跟你在一起，習慣你每週去買菜，習慣回家時看到你煮好晚餐，習慣你拖地，習慣你洗衣服，習慣你倒垃圾，習慣你整理家務，睡覺時習慣你躺在身邊，習慣你壓在身上用力，做完愛後習慣各自攬被入眠，早上起床習慣看到你還在打鼾，然後習慣各自去上班，但是你知道嗎？當愛變成習慣後，一切都會變得索然無趣和失去希望。」

亞威聽得目瞪口呆，想反駁卻說不出口，因為相處多年後，所有一切確實都已變成習慣，但是變成習慣不好嗎？習慣必須經過長時間磨合彼此個性，瞭解彼此身體狀況，調和雙方飲食口味，調整對事物的見解，變成最好最佳、最能互補的相處模式，也是白頭偕老的力量，絕對不是一時新鮮感和短暫歡愉的刺激可以取代，所以當愛變成習慣後真的不好嗎？

亞威想問，卻說不出口，腦中只記得當初許下的承諾，親口說今生今世都要為對方付出，而且無怨無悔，如今回想竟是如此諷刺，彷彿是上輩子的煙霧，飄渺得讓他忍不住仰頭狠狠灌下幾口酒，卻讓風雨嗆出酒嗝。

我凝視著那雙迷濛眼睛傾聽心音，聽到勝過雨滴的嘆氣與迷惑，也聽到一句句為什麼，亞威不明白自己凡事為郁琳設想，包辦所有家事與責任，付出全部的體恤與關懷，默默支持與維護郁琳在外獨立堅強的形象，結果多年後，自己的所作所為全部變成理所當然，甚至變成一文不值的習慣，他痛苦得心在滴血，滴答滴答落在血紅的玫瑰上。

三百年來我看過無數案例，很多人為所愛的人做各種事，剛開始對方會感動貼心行為，一段時間後就會變成理所當然，甚至忽略某個細節未臻完美時，還會責怪怎麼如此粗心，從沒想過自己曾經回報過什麼，以及是否堅持最初的感動，這是人性，也是可悲的自私，所以我無法告訴亞威，真實的人性與自私常令人咋舌，曾經感動的優點很容易變成缺點，缺點很容易更令人厭嫌和放大，這世間就是如此，付出不等於能得到相對回報，堅持也不等於最後一定能成功；但若從另個角度來說，很多人用自己的方式對待他人，並自認無怨無悔掏心掏肺，卻不明白所付出的種種對方是否需要與接受，只是一味地鑽牛角尖自認盡心盡力，這何嘗不是另一種自私？

「我曾經努力想接受，最後還是無法認同這種平凡生活，那讓我覺得失去自我，感到未來沒有希望。」

「以前妳不是說今生最大希望是平平凡凡，安安穩穩過一生？」

「以前是以前，現在是現在，時代會變，人心也會變。」

亞威再次啞然無語，不相信人心能變得如此快速，不瞭解平凡平淡什麼時候竟然變成罪。每個人窮其一生追求轟轟烈烈的經歷，塑造自己成為獨一無二的典範，但儘管經歷波瀾起伏，所有人所有事，最終仍要回歸最原始的平凡，這也是當初達成的共識，並共許朝這個目標前進，曾幾何時卻變成失去未來的理由，以及扼殺感情的利刃，想到這裡亞威不禁感到悲哀，並潤濕眼眸，懷疑人世間是否存在真誠情感，也懷疑人們處於熱戀甜蜜期所說的話是否都不需要負責。

是的，人心會隨時間和環境改變，宛如更迭不止的萬花筒，每次瞅見都有不同的驚嘆，所以我從來不相信人世間有亙古不變的情盟，至死不渝的誓約，那些言詞只不過是一時激情下的產物，可惜世人往往選擇相信亙古情感，不願接受殘酷事實，所以我怎忍心戳破亞威的幻想？

儘管一瓶烈酒幾乎喝光，亞威還是感到手腳冰冷，全身開始不自主地抖顫，他愚騃地望向頭頂蒼穹，卻發現蒼穹是空的，除了破棉絮般的厚重烏雲，其他什麼也沒有，沒有月沒有星，沒有一點點光芒，彷彿蒼天正透過空茫告訴他，人不管如何努力最後還是會變成一場空，因為有些事注定了，永遠不會改變。

那天後，郁琳開始與亞威切割，自己倒垃圾，自己拖地，自己洗衣服，自己買菜煮飯，冰箱分層放，碗筷分開擺，床墊放在房間兩邊遙遙相望，她感念亞威八年付出不想開口趕他走，卻把亞威當空氣，無視他的存在，躲避所有他在的空間，表現得比陌生人更陌生，比仇人更冷漠無情，希望亞威能因此自己打包行囊離開，這樣她就不會有罪惡感。

亞威不是沒有知覺的木頭，當然能清楚感受到種種變化，包括那麼深、那麼重、那麼澈底的絕情，只是他不願承認八年情感會這麼輕易煙消雲散，更不願相信一個人變心後會如此絕情，他相信人心是善良的，每個人都跟自己一樣念舊，會對舊情不捨，所以他忍受種種對待，低聲下氣，忍氣吞聲，像一條知道即將被拋棄的狗，每天默默地，乖巧地，匍匐在每個尚存一絲希望的角落。

可惜郁琳的言詞、眼神、舉止，以及冷漠絕情的態度，總是讓他倉皇地躲在陽臺掉淚，揪著胸口痛，不知道自己做錯什麼，難道只因為自己沒有錢，沒有能力滿足郁琳的種種慾望？難道愛情只是詭計多端的人所編織的騙人神話？

的確，此時的亞威無法給郁琳安全感與歸屬感，但至少他一直很努力，每天戰戰兢兢，從沒忘記當初的承諾與責任，可惜現實總是一再證明，經濟能力凌駕一切，心地善良是虛假的言詞，很有才華更是虛假的屁話，金錢買不到真愛情，卻可以維繫愛情，一旦發現愛情裡沒有金錢時，愛情很輕易就能變成澈底的絕情，而且絕得讓人如此難堪，如此痛。

當一個人變心後會有多絕情？三百年來我看過太多太多例子，多到比凡人的毛細孔還緊密，所以我很清楚地知道，不管男人女人，年輕人或老人，好人或壞人，一旦變心後，絕情程度絕對會令人匪夷所思，彷彿世界完全變了樣，忽然之間不是自己曾經認識的模樣。絕情者會想方設法將對方的一切從身上割離，包括一起養的寵物，一起添購的家具，曾經達成的共識，曾經互相依偎胼手胝足的行為，全都會被冷漠與無情的言詞與行為切割得毫無保留，過去的種種可以不算數，甚至否認曾經有過，會用最激烈的方式切割彼此，彷彿沾到對方氣息會玷汙自己，彷彿澈底切割才能表明不再愛你，對你已經沒有感覺的堅決心意，更別說用最惡毒、最能刺傷對方的話語挑釁，只為對方能快點從自己眼前消失。

但我該告訴亞威這是人性嗎？不能，我沒有辦法在心碎心痛的人胸口再狠狠插上一把刀，因為我也曾經有過那種痛，明白被絕情對待的滋味，所以我不捨也不忍將亞威推向更深層的地獄。

不過從另個角度想，郁琳有錯嗎？沒有，郁琳沒有錯，因為在情的國度裡，沒有所謂的對錯問題，也因為每個人的價值觀不同，需要與被需要也不同，就郁琳的立場來說，才華只是熱戀時的鼓勵言語，財富才是下半生的保證，自己也給過亞威八年時間努力，是他一直無法達到自己的期待，所以分手就應該澈底與絕情，藕斷絲連只會讓彼此更痛苦，誰也怨不得誰，因為這是普世價值，現實的人生。

「我已經厭倦習慣，更討厭平凡，今天開始我要做自己。」

「那我這些年的努力與付出算什麼？」

「你可以找個更好、更能和你理念契合的女孩，我不想浪費時間在缺乏安全感與未來感的日子上。」

「八年感情就這樣結束，沒有一點眷戀，只因為平淡使人厭煩？」

「放了我吧，你的堅持會變成彼此的負擔與折磨。」

救護車的警笛在不遠處吶喊，尖銳聲穿透雨幕直達天際，豎耳凝聽時，還能聽到天際傳來的迴響。

任何事都有正反兩面，任何行為也總能激起迴響，亞威想不透努力挽回為何得不到迴響，而且最後還變成負擔與折磨，想到這裡他不禁難過得流下淚水，一顆顆往下滴落，然後仰頭飲盡最後一口酒，讓感官進入痲痺狀態，從腳指頭開始，慢慢爬到心臟，變成苦澀的樹皮，無光的鏡子，沒有情緒轉折的石頭，晃蕩在現實與童話的邊境，低吟悲悵的哀傷曲。

一輛銀色汽車緩緩停在巷口，相同時間，相同角落，郁琳神態愉悅的下車，同樣腑身朝車內說了些什麼，再把右手放在唇上後送出，然後轉身走進巷內，所有過程亞威全都看在眼裡，而且不止一次看相同的晚安曲，他也想過自己曾經是車裡的男主角，如今卻只能當冷漠的觀眾，而且還要被迫拍手高喊安可，世界上有幾個人能如此灑脫；或者說，有幾個男人能忍受？亞威知道自己不能成為稱職的觀眾，無法忍受郁琳蜷在別人身上說我愛你，好愛好愛，你有沒有愛我，愛多少，有沒有這麼多這麼多？甚至無法忍受郁琳將手指掐入別人的肉，氣喘吁吁地喊用力，用力把你的一切全都射到我身體裡。每次想到那些情景，那些令人心疼又心痛的言語，亞威感覺就像千萬支箭倏地刺入胸口，讓自己變成一隻相信愛情、可憐又可悲的刺蝟，卻不能痛苦地在地上翻滾掙扎，因為箭會刺得更深更痛，尤其在這胸口凜冽的夜裡。

望著腳步輕快，逐漸走近的郁琳，亞威知道一切已經成為過去，再也無法回頭，就算重來也不是當初的感動，當年為了郁琳拋棄別人，如今自己正清清楚楚，深深刻刻體驗被拋棄的滋味，這世界很公平不是嗎？每個人都必須為自己的行為負責，為每個決定承擔未來後果，雖然亞威願意真心祈禱這個世界沒有報應，不希望郁琳承擔未來結果，因為他如此深愛郁琳，不希望未來的某一天，郁琳像自己一樣承擔每個結果甚至報應。但是，此刻的亞威真的感到心碎得好累，好累。

「如果有一天我死了，妳會為我掉下一滴淚嗎？」

「我不希望你走上那條路，因為那是你對我最嚴厲的懲罰和報復，我不會掉淚，而且會恨你，恨你毀掉我的下半生，恨你讓我背負一條人命的罪。」

「難道我的死只能讓妳留下恨？」

「放過我吧，你應該為自己，不要再為我做任何事。」

「是嗎？難道妳不明白，所有人口口聲聲為自己，卻不知道其實自己一生都在為某個人而活，妳是我的全部，我為妳而活，這才是真正為自己，這點妳難道還不明白嗎？」

顫顫爬上女兒牆時，亞威想起前天的對話，知道自己此生只為郁琳而活，失去郁琳後，人生以及未來自然變得毫無意義。站在女兒牆上低頭看步步走近的郁琳時，亞威更是自認此時只有一個方法可以重新飛到郁琳身邊，或許會讓郁琳驚訝驚慌，但是更或許，郁琳會因此掉下一滴難過、不捨、愧疚的淚。

風依舊一陣一陣地吹，拂亂亞威已然潮濕的髮，但他卻突然覺得自己瞬間變成張開雙手的紙鳶，即將擺脫所有圈梏，隨風遨遊，飛到過去的纏綿悱惻，飛向未來那美好虛幻又可悲的憧憬。

「留著我的人有什麼用？拜託你放手好嗎？八年了，求你放手好嗎？求你不要再耽誤我的青春，讓我再度擁有自己好嗎？」

飛到六樓時，亞威耳中響起郁琳昨天幾近哀求的話，那曾經許諾生生世世都要纏綿的話，卻那麼輕易，那麼讓人難堪地變成耽誤，也讓亞威胸口湧起無可言喻的絞痛，窒息得讓自己忘記此刻正在飛翔。

「幸福是——縱然風雨摧殘，也要廝守到地老天荒。」

飛到五樓時，亞威想起郁琳蜷在懷裡，用溫柔口吻所說的話，這句話總算讓他不再沉重悲傷，甚至覺得回到當初的纏綿悱惻與歡樂時光，所以他揚起嘴角微笑，並張開雙手盡情隨風飛翔，一路飛過四樓，飛過三樓，飛過二樓，最後終於帶著一抹笑容，重重地，降落在郁琳驚嚇不已的腳前。

原本想問亞威，這麼做值得嗎？但我立刻打消念頭，因為情之所以為情，基本上便沒有所謂值不值得的問題，何況我此時也面臨相同問題。或許有人會認為郁琳很絕情，認為亞威很痴傻，卻忘了個人價值觀中，不是當事者，任何人都沒有資格評論對與錯。

驚嚇過後，郁琳立刻由恐懼轉為愧疚，最後終於雙腿癱軟，趴在亞威的屍體上嚎啕大哭，求他原諒，也怪自己不懂珍惜最愛自己的那雙手。

我的反應呢？我沒有任何反應，只是冷冷地看著郁琳和亞威。人總是要在失去後才知道失去什麼，相信這樣的結局不會是亞威想要的結果，果然當我轉頭時，看到亞威淚流滿面，飄浮在自己的屍體前顫抖。

我真的不想評論或表達什麼感受，因為再多後悔與愧疚，變成一具腦漿四溢的屍體後便失去任何意義，想重新來過，只能期待他日墳場邂逅，相約再次濃情蜜意地攜手走過奈何橋，所以面對眼前種種我只能嘆口氣，然後輕輕施手一拉，將亞威的魂魄拉向幽冥路，留下被血染紅的土地與哀傷痛哭的郁琳，以及雨勢紛擾的夜晚。

三百年又十天

午後天氣驟變，厚重烏雲從西方緩緩蔓延而來，老趙一步步挺著痛風發作的腳爬到頂樓，雙併公寓五樓不算高，感覺卻像背著全副武裝攀爬當年的好漢坡。

年紀大了，身體累積過多經歷後變得萬般沈重，歲月不饒人，沒有人能躲過。舉目望去，四周陰霾得像烽火連天的戰場，卻沒有衝鋒陷陣的士兵，只有出海口上垂掛的雨幕，一縷縷，宛如黑色煙幕，昭告大雨即將滂沱而來，所以老趙邁開步伐，嗅嗅被單上的漬印，確定尿臊味已被風帶走，然後迅速將被單對折，再對折，捲成一團抱在懷中。

進屋後瞄見廚房裡的水壺正在噴汽，老趙連忙將被單丟在椅子上，快步走進廚房將瓦斯爐關閉。其實也不需要太緊張，因為屋子裡能燒的東西已經沒幾樣，三張老木椅，一張傾斜缺角的桌子，畫面老是模糊的電視，早已不能聽的收音機，一張雙人床，床上的老伴，還有自己，最寶貴的應該是牆上那張結婚時拍的黑白照片，多久前拍的？忘了，只記得當時氣氛就像照片上的笑容，宛如清晨綻放的靦腆花蕊，每每望見總讓人跌入記憶的酒甕，但也總使人馬上嘆氣，因為這代表屋子除了回憶，其他什麼都沒有。

回憶寶不寶貴？當然寶貴，貴在不能重來，就算重遊舊地，也是青山依舊在，幾度夕陽紅，牽涉到人更是愛恨糾纏，一如我和黎巧兒，經過四百年仍然滌盪胸口。

臨出門前張和正好帶來消息，得知黎巧兒最後一世死於非命，被情人狂砍二十七刀而亡，幽魂渾渾噩噩地被鄭永欽帶到交簿廳報到，輾轉跪在五殿閻王前泣訴，求閻王主持公道，讓她化成厲鬼回去陽間報仇，閻王沒有答應，只是要她先回去元神宮等候發落。

「閻王為何不答應？她被砍二十七刀而亡，照理可以獲得法旨回陽間報仇。」

「不知道，誰敢問？」張和也是一臉疑惑，但隨即用更詭異的神情說：「我有查過她的所有資料，說出來你不相信，四百年來黎巧兒總共轉了十二世，六世刺死或毒死情人或配偶後被判死，六世被情人或配偶刺死或毒死，沒有一世是善終。」

雖然瞭解因果循環的道理，但聽完後我還是感到不可置信，因為就算因果循環綿綿不可逃，也極少連續十二世如此糾纏，其中幾世應該會有神祉出面化解，或某種因緣契機消弭業力，連續十二世死於非命就算不是空前也是少有。

「和相同對象交纏十二世，那是怎樣的仇？」

「這點你就錯了，而且說出來讓人匪夷所思，四世相同對象，八世不同對象，很神奇是吧？」

「的確詭譎，照理說冤冤相報對象應該都會相同，怎會其中八世只是一世仇？」

雖然因果可以推算到更久遠的年代，但極少糾纏那麼久，大多三四世就了結舊仇，爾後繼續了結新仇，如此周而復始，所以黎巧兒的例子確實很罕見，加上冥王未判准復仇，只是要她回元神宮等候發落，其中是否隱藏什麼原因讓我和張和都費解，可惜我任務在身無法多談，只能匆匆告別待他日再細細推敲。

走到床邊後，老趙伸手到被褥裡試探，確定依舊乾爽才放心地點頭。以前生病時阿蕊總是不眠不休守候，除了耐心服侍用藥用餐，細心擦拭身體，更會送上溫柔的噓寒問暖，所以老趙不止一次表示，當阿蕊生病時他也會用相同方式對待，沒想到昨晚竟然睡得太沉，半夜沒有起來幫阿蕊換尿布，醒來後驚覺床鋪已經濡濕一片，那讓老趙非常愧疚，除了不斷道歉，也發誓不會再犯相同錯誤。

「喝點水好嗎？」

將碗裡的開水吹涼，使它不再冒滾燙的煙，然後用湯匙一點一點，從只能裂開小縫的嘴餵進去，每餵一次總會詢問是否過燙，囑咐別喝太快，再輕輕地，柔柔地，用毛巾拭去嘴角涎出的水痕。

屋外開始下起滂沱大雨，淅瀝瀝地擊在玻璃窗，並伴隨幾道悶悶雷響，屋裡也因此驟然變暗。

老趙放下碗起身開燈，燈亮後照出四壁鵝黃，宛如缺乏生氣的靈堂。其實這屋子也不是今天才凋零，早在九年前唯一兒子車禍身亡時，空氣便開始凝聚冰冷的重量。事發後夫妻倆傷痛欲絕，終日哀怨命運無情，讓兩根即將燃盡的殘燭失去依賴，沒想到上蒼並不憐憫兩具孱弱身體，幾個月後阿蕊因悲傷過度引發中風，老趙慌得像艘失去方向的船，在茫茫大海上飄盪打轉，怎樣也看不到岸邊一閃一閃的光。緊接而來的是無止盡的復健與照料，但阿蕊的身體卻每況愈下，從還能開口說話，衰弱到只能動動眼皮和勉強吞嚥，其餘幾乎無法動彈。九年了，好久好長，久得老趙心力交瘁，散盡家產，但他還是抱持最後希望，每天重複餵粥換尿布，活絡手腳，在褥瘡上擦藥，定期擦拭身體，說說街坊鄰居的迭趣，聊聊一路走來的蒼茫，而這一切只為不離不棄的責任與承諾。

「看電視好嗎？」

雖然電視畫面和聲音對阿蕊已經沒有太大意義，但老趙還是會在固定時間播放連續劇，因為那是阿蕊的唯一嗜好，而且總會隨著劇情大笑或流淚，記得有一次，女主角不斷纏著男主角問幸福是什麼，阿蕊看得入戲，竟仰頭用認真表情對老趙說：

「幸福是——不能同年同月同日生，但願同年同月同日死。」

「傻瓜，那叫白頭偕老，真是連續劇看太多了。」

當時阿蕊握住老趙的手，細聲地說，都可以都可以，反正就是這個意思。

三百年來我看過無數次情感糾纏，有年輕的放蕩輕狂，中年的相輔相持，以及老年的攜手相伴，每種情感都有不同的階段意義，但老年相伴無疑最能撥動心弦，因為相扶終老需要無數次原諒與無悔的愛，需要長期的互信互諒，完全瞭解與接納對方優缺點，但這些都必須經過無數次磨合，歷經許多滄桑才能變成神仙眷侶，絕對不是連續劇般隨便許諾便能廝守到地久天長，可惜這個世界太繁忙，誘惑和理由太多，個人意識更是隨時在無限上綱，使得白頭偕老對很多人來說只是純粹的夢想，所以老趙和阿蕊的施與受確實令人動容。

天色已暗，老趙走進廚房將最後一碗白飯熬成粥，熬得稀稀爛爛，不加醬油，也沒有瘦肉，只是半鍋宛如清湯的粥。老江送來的米已經見底，張大姊包來的菜也已吃光，里長送的泡麵有一搭沒一搭，任憑翻遍口袋也就那幾個銅板，想開口卻不知從何說起，水電瓦斯等基本花費，老伴的營養品和藥錢，倆老餘生的種種，怎能指望救急變救窮，所以只能是一碗飯熬成的半鍋稀粥。

「喝點粥，明天再幫妳加些肉。乖，張嘴，妳先吃，我還有。」

雖然每次都要像哄小孩吃飯，但老趙知道這是阿蕊對自己的不捨，怕喝了那碗粥後就什麼都沒有。想起在區公所的情景他就一肚子氣，當時自己苦苦哀求，甚至放下年邁身段跪在地上磕頭，工作人員還是堅持老趙名下有房產，儘管是間四十年的老公寓，依舊不符合低收入戶輔助條件。那又怎樣，難道要把房子賣掉，帶著中風無法動彈的老伴睡路邊才能得到施捨？可惜工作人員的表情依舊如法律般冷漠，最後還是只能仰賴街坊鄰居和里長才能勉強過這些年，如今更是愧疚得只剩最後半鍋稀粥。

「照顧無法動彈的老伴九年從不喊累，真偉大。」

不累？怎能不累？老趙都七十六了，閻王早已登記有案只等時機來臨，剩下的殘軀也掌握在勾魂使者手上，所以每當老江如此誇獎時，老趙總是低頭不語，不敢承認身體已經不堪負荷，不敢承認自己已經心力交瘁，累在歲月斑駁的滾輪裡，累在飢寒交迫的無奈中，只是不管如何累與心力交瘁，每當看到阿蕊逐漸枯槁的身體，消瘦無肉的臉頰，以及那雙曾經陪伴無數蒼茫的手，老趙知道自己必須打起精神，更不能讓阿蕊發覺自己已是七十六歲的殘軀，隨時都要讓阿蕊感受青春纏綿，互許互諾的年歲。

這裡必須再次聲明，人的生死定數雖然閻王登記有案，但剩下的殘軀並不掌握在勾魂使者手中，我們如同社會局員工，凡事依律辦理，不得徇私推諉，時機未到縱然鐵鍊在手也不可貿然拋出，更不可能運用各種方式縮短瀕死人的壽命，所以社會局員工狀似無情無理，卻如同勾魂使者按律行事，否則天下必大亂，所以很多世事必須多方思考不能濫情理盲。

囫圇地把剩餘湯粥吞下，老趙走進廚房將碗洗淨，放回碗籠，用抹布擦拭爐面，把每樣東西放在定位。沒有中風前的阿蕊堅持廚房要乾乾淨淨，做出來的飯才能美味又健康，老趙沒有忘，九年來總是將廚房保持得潔淨清爽。將收下來的被單疊好，收進衣櫃裡，再拿起掃把將屋子前前後後清掃一次，桌椅下，床鋪下，電視櫃兩旁，所有邊邊角角全都不能放過，因為阿蕊堅持再窮再忙屋子也要整齊潔淨，才能展現主人的氣節風範，這些老趙都沒有忘，所以九年來總讓屋子一塵不染。

整理完裡外，老趙滿意地站在床邊觀看，他相信任何人任何時候進來都不會失去體面，不會讓人認為老伴長年臥病自己又拖著年邁身體，家裡就髒亂得宛如垃圾場，這是兩人僅有的，最後的尊嚴，他必須為老伴堅守。

「感謝妳陪伴我那麼多年，給我那麼多快樂與哀傷，今生最大幸福是娶了妳，我知道自己沒什麼用，不能給妳很多，希望來生能補償。」

蹀躞過往蒼穹，永恆的忠貞瞬間已成兩頭白髮，一個已然孱弱難堪，一個再也無法起床，而且隨時都會變成火葬場裡的煙霧，逐漸被人淡忘，但老趙依舊無然怨無悔地付出，並希望來世還能續緣，再走一次過往，再照顧一次阿蕊，那份情感的確讓我動容，而且潤濕眼眸；然而，儘管生死簿上的記載讓我不忍觀看，卻還是要狠下心腸注視眼前種種，因為我必須掌握現場，而且無權改變結局，所以只能靜靜看著老趙伸出顫抖的手撫摸阿蕊臉龐，那張曾經讓他哈哈大笑，讓他暴跳如雷，如今卻枯槁乾癟得幾乎沒有血色的臉，那讓老趙悲從中來，感嘆人生蒼茫時，一滴淚也落在阿蕊手腕，讓床上的眼睛瞬間雲出微微紅光，這讓老趙更為不捨，卻在彎身低頭親吻時，看到兩行淚水由阿蕊的眼角緩緩滑落。

「時候不早了，該睡了。」

拉拉被單，調整枕頭，確認阿蕊不會受寒後，老趙看著眼角兩行淚水深深吸口氣，然後用不停顫抖的手拿起一旁枕頭，罩在阿蕊臉上，用力罩著，很用力很用力地罩著，罩了十分鐘，或者更久，可能綿延到地久天長，直到確定阿蕊斷氣才緩緩鬆手，然後淚流滿面地對已無氣息的阿蕊說：

「對不起，我愛妳，真的愛妳。」

阿蕊的魂魄沒有失措與茫然，看到我時還微微鞠躬點頭，神情平淡安祥，彷彿她等這一刻已經很久，但當一起望著老趙時，我卻發現她的雙眼依舊閃著光。

親手送阿蕊上路後，老趙悲痛地坐到桌邊，桌上放著一張檢驗報告，上頭粗字耀出檢驗重點：「趙旭東，二期肝癌。」

老趙沒有多看一眼，而是拿起最後一杯高樑仰頭飲盡，然後用膠帶將所有門窗縫隙逐一封住，封得密不透風，再走進廚房將瓦斯桶拖到客廳，扭轉開關將剩餘瓦斯全部釋放，最後再撐起顫顫簸的身體爬上床，躺在阿蕊屍體旁，握著已無脈搏的手，輕聲地，輕聲地說：

「阿蕊，等我，我馬上到——」

等待瓦斯裝滿肺部的時間有點長，所以我走到老趙身邊，將手放在他胸口，傾聽逐漸微弱的心音，瞭解他對老伴的愛與不捨，感受飢寒交迫又看不到未來的無奈選擇，儘管旁人很難理解與接受老趙的行為，卻依舊是世間少有的生死與共，另一種愛與不捨的表達，也是我三百年來首見，首次在執行任務時讓一滴淚從眼角滑落，所以時辰到達時我沒有用鉤魂鍊，而是握著老趙的手，輕輕地，將他的魂魄拉出身體。

夫妻倆在另個空間重逢，九年後再見阿蕊能站立，能對自己綻開少女時的笑容，老趙激動得無法言語，只能用泛紅的雙眼傳達情感，阿蕊輕緩地飄到老趙身邊，溫柔地挽住他的手，用行動表示天長地久不需言語交流，所有真情盡在靜默中。

時辰已到，我示意倆夫妻走向幽冥道，幽冥道上依舊漆黑又冰寒，我卻清楚看到阿蕊挽著老趙的手，面帶笑容的說：

「幸福是——不能同年同月同日生，但願同年同月同日死……。」

三百年又十一天

連續幾個案例讓我的情緒大受影響，激起過去從未有過的波瀾，三百年來不管如何兇殘，如何無辜，如何扣人心弦，每項任務我都能稟持冷漠中立的態度執行，直到望見黎巧兒後，我竟動了凡心，開始為世人的苦而苦，為世人的悲而悲，為世人的情動容，彷彿他們的經歷是我的經歷，這是大忌，絕不允許發生在勾魂使身上，所以我努力讓外表如初，不讓其他鬼差察覺，內心卻時常翻滾著思想。

我想，轉變應該和黎巧兒有關，因為一切改變都在她出現之後，但我和她的緣已斷在四百年前，此時的不安與波動又隱藏什麼玄機？我不懂，也想不透，只能坐在奈何橋旁看忘川河水潺緩，看柳樹無風輕輕晃，也看橋上往來穿梭的無意識幽魂，思考鬼魂的思想與情感是否會在喝下孟婆湯後重新開始，還是執念會埋在靈體深處，隨鬼魂一次一次轉世為人，一次一次重複執念，所以奈何橋上總是能絡繹不絕。

「我要見黎巧兒。」

當我說出口時張和著實嚇一大跳，因為鬼差不能私下和鬼魂互動，調查黎巧兒的資料已犯陰律，何況見面。

「你知道自己在做什麼嗎？」

「我很清楚。」

張和看著我堅毅的眼神，輕輕嘆口氣，然後將黎巧兒在冥界的地址遞給我，臨走前他再一次回頭問值不值得，我依舊沒有回答，因為很多時候考慮值不值得會什麼事都無法做，不管身為人或鬼，很多時候需要的只是一股衝動。

三百年又十二天

記得菩薩曾說，真情很美很浪漫，無悔付出很偉大，卻是無形的罪，也是世人不斷輪迴的因。菩薩說有一天我會明白其中道理，但歷經四百年我依舊無法領悟，不明白許諾生生世世，期望纏綿到天長地久為何是罪，也不明白為何相愛的雙方各自了結才是昇華。張和說菩薩所言有其道理，誠如四百年後我依然牽掛黎巧兒。我反駁，表示和黎巧兒並沒有纏綿四百年，所以不構成罪。張和反問，四百年後依舊滌盪胸口，縱然沒有實際纏綿，怎不算是罪？我語塞，無法反駁，除了有點明白菩薩的意思，卻也升起見黎巧兒的衝動，因為我相信一切都是冥冥中的安排，所以我必須做些什麼才能大徹大悟，否則和重複走上奈何橋上的幽魂有何不同，儘管衝動是危險的，可能永世不得翻身，但我必須做些什麼才能知道自己能否承擔後果。

依照地址我來到幽冥一區七十九街，街道很長，放眼望去彷彿沒有末端，道路上鬼影寥落，連陣陰風也沒有。

我佇在街口看一模一樣的房舍猶豫，因為張和的地址只有街名沒有門牌號碼，而街道又那麼長實在無從找起，我知道這是張和故意留一手，他要讓我站在街口時再考慮一次值不值得，或許我會因此打消念頭。

「這樣很不夠意思。」

「你錯了，如果真是冥冥中的安排，我相信自然會讓你見到。」

雖然曾經抗議，但張和說得沒錯，如果真是冥冥中的安排自然能見到黎巧兒，所以我緩緩朝街的另一頭走去，仔細觀察兩旁外觀完全相同的房屋，用感覺和直覺判斷應該敲哪扇門，可惜好幾次舉手時都僵在半空，然後放棄，直到走完長長的七十九街依舊感受不到任何靈動。但是我並不灰心與氣餒，甚至站在街尾閉上眼睛心中默禱：「菩薩啊菩薩，如果真是冥冥中的安排，請祢給我一點感應。」默禱後我重新再走一次長街，而且是閉著眼睛走，走很久很久，感覺好像又要走完整條街，忽然聽見耳裡有股細細的、非常微弱的風聲，於是我立刻停住腳步，再憑直覺向右轉，然後張開眼睛，伸手輕扣面前的門。

當門扉開啟時我的確怔住，因為歷經四百年後黎巧兒的形貌一點也沒有改變，柔軟長髮彷彿隨擺動時會喃喃細語，細緻皮膚白裡透紅，草莓般的雙唇軟嫩欲滴，略微丹鳳的雙眼很能勾魂引魄，讓我想起以前總戲稱她有一雙狐狸的眼睛，可惜黎巧兒並沒有久別重逢的神色，而是一臉困惑地望著我。

「記得我嗎？」

「感覺好像在哪裡見過，但是想不起來。」

黎巧兒很努力地看著我，試圖從記憶庫裡搜尋出答案，最後顯然放棄。「我們認識嗎？應該認識，我對你有一種熟悉感，甚至親切感，好像曾經是很熟識的人，但我真的想不起來你是誰。」

其實黎巧兒認不出我，甚至忘記過去種種並不意外，除了時隔甚遠，還有很多情況會讓她難復記憶，例如她曾經投胎十二世因此沖淡大部分記憶，每次投胎喝下孟婆湯後也會被洗去記憶，由人變成鬼魂的剎那也會被遮去部分記憶，所以她對我完全沒有印象也不意外，但她依舊保有似曾相識的感覺，顯示靈體裡仍留著一絲微弱篝火，讓我更確定重逢絕對不是巧遇。

「可以進去嗎？」

黎巧兒神色漠然，似乎仍在思索，但還是側身讓我入屋。屋內擺設很簡陋，只有一張桌子兩張椅，牆邊的門應該是一扇通往臥房，一扇通往廚房或浴室之類，牆上沒有吊掛字畫飾品，黃得有些孤愁，桌上油燈閃爍，映在微微斐紅的臉頰。

我坐到椅子上，黎巧兒斟了一杯茶，然後坐到另一張椅子，我沒有打擾她回想，只是驚訝那盞即將熄滅的元神燈，那代表黎巧兒的元神虛弱或罪孽深重，很可能隨時灰飛煙滅被打入第十八層地獄，就此情況而言黎巧兒應該在各殿小地獄承受罪責，讓元神燈恢復光芒與活力，但冥王卻要她守在元神宮聽候發落，這點我確實想不通其中道理。

一段時間後，黎巧兒才乍然若醒地抬頭，問我是不是官差，因為在冥界裡只有官差才能行動自如。我向她點頭，表明現職是勾魂使者，她立即起身要行禮，我伸手阻止她的動作，請她將我當成朋友不要拘束於禮節。

「請讓我遵守禮法。」

其實黎巧兒的堅持沒有錯，因為冥法森嚴，階級分野嚴格，一般鬼魂和鬼差，鬼差與神祉，各有不同規範與禮儀維持秩序，為了避免橫生枝節，所以我還是讓她起身，將雙手放在左腰欠身行禮。

「妳還好嗎？」

「無所謂好或不好，畢竟這裡是我的元神所在。」黎巧兒笑得很悲涼，用眼神讓我瞭解她其實是被困在這裡，不知道現在與未來會如何。

「還想不起來嗎？」我看她的眼神依舊顯露困惑，因此再問一次。

「能說說你和我嗎？我指的是過去，你和我可能的那一世。」

黎巧兒搖額頭，希望我能說些過往讓她回想起，但我該鉅細靡遺講述一次當中的紛紛擾擾，以及所有恩怨情仇嗎？坦白說，我內心是猶豫的，因為不知道讓歷史重來一遍是慶幸還是悲傷，也不知道會不會因此再觸動某種情緒，而且從某個角度來說我們算是初識，不適合聊太深入，所以我決定慢慢勾回她的記憶。

「四百年前的某世，我們曾經是夫妻。」

「難怪我有熟悉感，經你這麼一說似乎有點印象，當時我們感情很好。」

「的確很好，我們深愛彼此，願意為對方付出。」

「沒錯，我有點想起來了，記得我好像在賣……。」

「妳賣豆花和字畫，我是秀才，教書收入不多，大多數時間都在準備考舉人，所以妳很辛苦地維持家計。」

「對，你是秀才，寫了一手好字。」

相隔四百年終於再見到那抹笑容，除了眉宇依舊鎖著淡淡愁，笑容還是嬌嫩甜美得宛如菖蒲，總能散發出使人放下鬱悶的氣息，也是我此行最大收穫，因為在交簿廳瞥見她的身影後，這抹笑容便多次浮現腦海。

我們一點一滴談論過去，她也一點一滴慢慢想起，想起元宵夜猜燈謎，想起七夕的綿綿細語，想起我徹夜守在床邊照顧生病的她，想起臘月寒冬她如何為我生火取暖，許多快樂的事，令人哀傷的事，一件一件慢慢在我和她的眼睛裡燃起。

「日子雖然清苦，我們卻過得很幸福，很快樂，但是……，」黎巧兒停頓語調，抬頭用迷惑眼神問，「為什麼我們沒有再做夫妻？如果我們能繼續成為夫妻，或許我的前世就不會被刺二十七刀，現在的我也不會是這個模樣。」

「可能因為我沒有再投胎，爾後還任官職，所以我們沒有繼續成為夫妻。」

這句話我說得有點心虛和敷衍帶過，因為升任勾魂使者是死後一百多年後的事情，我是特意隱瞞最關鍵的部分，不希望初次見面就揭開那道傷口，所以我試著轉移話題，但黎巧兒臉上笑意已經消失，而且周身開始蒸騰出一團熱氣。

「四百年後你是冥界官差，我卻連續三世死於非命，你知道我有多恨嗎？我真的不甘心被利用和欺騙，最後還落得如此不堪下場，所以我還要再向冥王請旨復仇。」

看來黎巧兒只記得自己連續三世死於非命，本來有股衝動想告訴她其實是十二世，但我隨即讓她周身籠罩的那團熱氣打消念頭，那團熱氣很濃很稠，三尺之外就能感受到強烈熱力，是她生生世世累積而成的恨，生生世世解不開的結，那一刻我終於明白冥王為何不批准她復仇，因為以她的現狀縱然再轉十世仇恨也不會消失，而且恨的力量會壯大到無法想像地步。

「冥王要妳先待在這裡，自然有祂的用意，妳就不要再去想過去的事情，想了也沒用，不是嗎？」

「我要困在這裡多久呢？」

我搖頭表示不知道，因為小小鬼差不可能得知高層的想法與作法，依舊請黎巧兒放下所有雜念，耐心待在元神宮裡等候發落，相信冥王會給予最好的安排。

「需要什麼嗎？任何方面都可以。」

「我怎能拖累你，造成你的負擔，畢竟我們目前的階級不同。」

「這點妳不用擔心，如果我們四百年前就該恩斷義絕，今天就不會再相聚，雖然不知道是什麼因素使然，但我深信其中自有道理。」

「真是這樣嗎？」

黎巧兒抬頭看我，雙眼露出光芒，並再度抹出淺淺笑意，那是希望與期待，顯示她的本性還在，也是她的轉機，所以我更相信她能重新感受到愛。

她要我多講述過去，屬於我和她的種種，可惜生死簿已浮現任務，只好起身表示公務在身必須告別，但允諾一有時間就會再來探望。黎巧兒送我到門口，神態有些不捨，已經沒有適才的拘謹，雖然周身依舊籠罩濃稠恨氣，笑容仍如朝陽下閃顫不止的甘露。

「心境盡量保持平靜不要亂想。」

「我知道，你也要凡事小心。」

坦白說，最後那句話讓我心頭蕩漾，想起四百年前每次出門她都會如此叮囑，並露出依依不捨神情，所以那瞬間我竟感覺回到四百年前相送的情景，所幸我立刻壓下情緒不讓自己繼續沈湎其中。

三百年又十三天

大雨滂沱，颯颯地傾瀉於河面，河水湍急，滾滾如泥流。

岸邊秀玉心急如焚，不停對著河面呼叫吶喊，根本無心理會襲在身上的雨勢。

「堅毅你回來啊！不要再躲了，趕快回來啊！」

子宣和欣怡站在母親身邊，一同對著河面呼叫父親，臉上的水早已分不清是雨還是淚。除了母子三人，河邊與河面也擠滿人，每個人都肅穆焦急，用眼睛和工具搜索每個角落，當堅毅留下字條表示無法接受生意失敗，應付不了債主不斷上門催討的壓力，決定找個地方結束自己後，所有人就開始瘋狂尋找。

十七年的夫妻情分，走過的喜怒哀樂，胼手胝足的日子，秀玉怎樣也無法相信丈夫會選擇這條路，但也因為如此，她才明白這段時間丈夫承受多大壓力，而自己除了指責丈夫一蹶不振，竟然沒有體諒過他的心境，完全不明白他頹喪的情緒，終於逼他走上這條路，所以秀玉的呼喚聲除了焦急，還有懊悔。

「堅毅，你趕快回來，我們可以從頭開始，只要你回來我身邊。」

「爸爸，你回來，我們都好想你，好需要你……。」

縱然大家嘶聲叫喚，聲音卻傳不到遠方，很快就被滂沱雨勢吞沒，只有期盼又慌亂的目光能四處亂竄。

兩個小時前接獲通知，農夫在河堤上發現堅毅的機車，雖然雨勢逐漸加大，警方接獲報案後還是與消防人員展開大規模搜索，除了沿河岸尋找，也派出小艇在河面搜尋，希望能在最後一刻搶救成功。

到達現場看到丈夫機車停在河堤，座墊上放了皮鞋和皮包，秀玉幾乎癱軟，不祥預感讓她恐懼異常，幸好秀芳馬上靠過來安慰，表示還未到最後絕望地步，大批警消正在全力搜救，肯定能在最後一刻找到姊夫，她要秀玉不可放棄，否則小孩會更慌亂。

儘管心亂如麻，秀玉還是選擇相信妹妹的話，的確還未到放棄的時候，勾魂使者不會那麼輕易帶走自己的丈夫，至少生要見人死要見屍，所以她重新打理情緒，站在岸邊努力幫忙尋找，但兩個小時過去依舊毫無所獲，因此焦急地對河面呼喚，希望丈夫能聽到自己的真情，然後順著聲音從雨勢中回來。

這點秀玉倒是說得很正確，勾魂使者不會隨意帶走人的魂魄，因為人的壽命長短自有定數，任何第三方力量都無法介入，唯一能改變的只有自己，但那談何容易，需要堅定信念與大破大立精神，而這兩種卻最難恆久，所以三百年來我沒遇過誰能跳脫定數，總能精確準時完成任務。

不確定性的等待總是最容易消磨意念，隨著時間一分一秒過去，希望的火苗逐漸熄滅，並慢慢被絕望取代，圍觀的人開始竊竊私語，討論堅毅應該已經凶多吉少。

生意失敗後，堅毅便如一灘爛泥，每天坐在家裡發呆嘆息，並時不時用絕望語調對秀玉說自己的人生已經不可能再起，前途一片黑暗，完全看不到未來有任何希望。每當他用落寞神情問秀玉，能否體會什麼叫做看不到未來，秀玉總是不耐煩地反駁，表示失敗不是絕境，只要一氣尚存便有機會，就看自己如何調適後再起，但堅毅總會搖頭再嘆氣，用低沉微弱聲音說沒有人能瞭解與體諒自己，每次秀玉都氣得想一巴掌打醒丈夫，甚至跪在地上求他不要再消沉，如今河堤上那些同情面容和言語，竟如偌大無比的黑幕令她感受衝擊，並終於能體會那種只剩求天告地，毫無其他能力的絕望，所以她痛哭，哭結縭十七年竟如此不懂丈夫，從未站在丈夫的立場設想，只是一味地將自己想法強壓在他身上。

搜救人員一批批回來，凝重神色彷彿昭告結果已可預見，小隊長甚至走過來表示眾人已經盡力，雨勢越來越大，搜救人員必須顧及自身安危，請林太太體諒。秀玉無法接受，撲地跪在地上苦苦哀求，求小隊長不要放棄，因為失去丈夫全家將無所依靠，而且今生今世不會原諒自己。兩個小孩也跪在母親身邊，哭求小隊長繼續搜救，小隊長雖然面有難色，還是重新打起精神吆喝，要大家再仔細尋找，絕對要苦撐到最後一秒。

勾魂使者的鎖鍊只勾生命之燭燃盡的幽魂，不勾老人小孩，以及傷心絕望之人，否則冥界肯定魂滿為患，所以秀玉的堅持我很認同，因為不到最後一刻鉤魂鍊絕對不會拋出，小隊長的同理心也值得讚揚，因為善念往往會成為絕望者的最後支撐力量，不管結果如何，功過簿上都會記上一筆。

可惜現實總是離希望非常遙遠，儘管搜救人員重新打起精神再出發，得到的仍是一無所獲，而且隨著天色逐漸下沉，眾人心境也越來越低落，開始逼自己接受事實，做最壞打算。但就在絕望氛圍蔓延之際，秀芳的行動電話忽然響起，她連忙掏了出來，就著雨傘遮蔽接聽。

「找到了？回家了？好！」掛上電話後，秀芳一掃憂慮神色，快步走到姐姐身邊說：「姊夫找到了，已經回家，我們趕快回去！」

「真的！」

戲劇性的轉折雖然令人詫異，卻是眾人最希望出現的結果，秀玉立刻破涕為笑，拱著手向小隊長道謝，向所有幫忙和關心的人道謝。小隊長吆喝收隊，並表示這種結果皆大歡喜，熱心村民也過來表達意見，建議秀玉回去後多開導丈夫，多站在丈夫立場設想，因為親人的體諒與支持是最大力量。秀玉歸心似箭，逐一感謝後連忙帶著小孩鑽入產業道路上的汽車，由秀芳駕駛朝家的路上疾駛而去。

一路上秀玉內心百味雜陳，雖然歡喜丈夫終能返家，也為自己過去的不能諒解與無法感同深受懊惱，但勞煩眾人在雨中冒險搜救，驚動村人聚集河堤關心，這讓秀玉深感過意不去，所以除了決定再與丈夫胼手胝足共度難關，更會要求丈夫找時間逐一向所有人道謝，讓眾人明白夫妻倆有信心重新再起。

打定主意後，秀玉便眼巴巴地盯著回家的路，閃電可怖地掠過天空，大雨淅瀝瀝滂沱而下，潮濕的颯颯聲更令人百般厭煩，好不容易到達家前廣場，她顧不得傾盆雨勢立刻打開車門，卻一眼看見丈夫站在面前，驚詫之餘，原本體諒的心情竟瞬間消失，並立刻轉為憤怒，怪丈夫竟然想到用死解決問題，還給眾人帶來這麼多麻煩。盛怒之餘，秀芳立刻衝上前想給丈夫一個最用力的耳光，然後趴在他肩膀哭訴自己剛才如何擔心，如何覺得人生已經失去依賴和希望，但就在她帶著怒容要衝上前時，卻被秀芳緊緊抱住。

「姊夫回來就好，不要再責怪他，雨下這麼大，先回家再說。」

「你知道大家多關心嗎？你知道我多著急多擔心嗎？你有想過我和小孩以後怎麼過日子嗎？」

秀芳極力撫平姐姐的怒火，希望她不要過度苛責，姊夫會想不開也是情有可原，過度苛責只會讓姊夫更沮喪，然後死命拉著秀玉朝屋裡走，也要大夥盡快入屋避免被雨淋得濕透。

其實秀玉並不想苛責丈夫，只是見面的剎那，深愛轉為憤怒，更無法原諒極端的莽撞行為，所以她雖然被半推半就地拉回家，心裡依舊打算回家後要與丈夫好好說清楚，以後什麼事都要好好溝通，不能再有令人意外的舉動。

於是眾人快步朝家裡走，並慶幸事件終於完滿落幕，剩下的是如何與丈夫商討重新再起，但入屋後的情景卻讓所有腳步戛然而止，並驚訝眼前所見。

二弟三妹和年邁父母面容哀悽地坐在廳堂，而且淚眼婆娑地望著自己，廳堂正中央併著兩條長板凳，板凳上放了一塊木板，木板上疑似躺了一個人，身上蓋了一塊印滿經文的黃布。

秀玉與秀芳完全不瞭解是何情況，秀玉更是瞪大雙眼，驚訝得大聲質問到底是怎麼回事。

「這是幹嘛！為什麼弄成這樣？」

「姊夫他已經……他已經……。」

三妹哽咽斷續地說，十幾分鐘前有人在家門前叫喚，表示在下游三公里處發現姊夫屍體，村長認得姊夫，合力將他抬回來。

「胡說，絕對不可能！」

秀玉完全無法接受，直覺一定是惡作劇或認錯人，為了證明不可原諒的錯誤，她快步向前抓起印滿經文的黃布，沒想到掀開後整個人隨即怔住，因為木板上的屍體雖然略微腫脹，並面帶痛苦表情，她還是能輕易認出是自己的丈夫，最驚訝的是，當她凝視熟悉的臉孔時，鮮血竟緩緩流出，從眼睛鼻子等處涎下血痕。

這一驚非同小可，宛如五雷轟頂，丈夫明明安好健在，要不是秀芳阻止，還差點在廣場上受到自己一頓打罵，怎會頃刻變成廳堂上的屍體，這是任何人都無法接受的匪夷所思變化，所以秀玉奮而轉身，想喚來丈夫證明一切都是誤會，回頭卻不見丈夫身影，驚訝之餘立刻奔到門邊望向廣場，以為丈夫只是沒有跟隨入屋，沒想到竟看見丈夫站在滂沱大雨中，面帶微笑地對自己揮手，而且身形越來越淡，越來越淡，最後終於消失在雨霧蒼茫裡。

看到此景，秀玉終於明白丈夫已經身亡，廣場上是他的魂魄，不禁一陣暈眩，雙腳癱軟，整個人昏倒在地上。

依照冥法規定，人死後可以回去見想見的人最後一面，所以我答應了堅毅的請求，在他投河尋短沒多久，勾走魂魄後，帶他回去見妻小最後一面，但河堤上人太多，所以我選擇屋前廣場讓他們夫妻相見。

與妻子道別滿足心願後，堅毅向我鞠躬表達謝意，我沒有回報任何表情，心裡卻漾著許多想法，而且雨水雖然淋不到我，我卻因為漾起的想法不由自主地打起哆嗦。

「可以了，該上路了。」

為了避免衍生不必要枝節，我極少與幽魂對話，今天卻忍不住發聲，一改過去冷漠，反倒是堅毅面帶滿足笑容，默默隨我走向幽冥道。

三百年又十五天

今天去見了黎巧兒，她的心情平靜許多，看到我立刻綻出笑容，熱情地將我迎進屋，屬於再尋常不過的舉動，卻讓我升起奇怪的感受，彷彿她是等待丈夫歸家的老婆。

我們依舊談論過去，她也更進一步回想起過往，但我仍將關鍵結局輕描帶過，因為我認為時機還未成熟，她回憶得還不夠多，恨氣還是很濃。

離開時她同樣送我到門口，神情比前次更溫柔婉約和依依不捨，我除了繼續囑咐靜心靜性不要胡思亂想，心中也不禁升起感喟，假設四百年前我們的感情與關係能如現在，此時的她與我，命運可能完全不同，可惜過去的事不可能重來。

三百年又十八天

在簽到簿上端端正正寫下范左均三個字，並連同身分證號碼一起附注，其實他並非公務人員，不需要填身分證號碼登載學習時數，這麼做只是要證明有來現場。

入口玻璃門貼了張海報，「從磐古和宙斯說起」，場內已有二、三十人，看來都被有趣的題目吸引。范左均選了中間位置坐下，並拿出筆記本和錄音筆，等待講師開講的時間裡，他時而在筆記本上塗鴉，時而盯著講堂上的投影發呆，神情卻是相當冷靜肅穆。幾分鐘後講師終於上臺開講，范左均將筆記本和筆擺在座位上，並按下錄音筆的啟動鍵，然後靜靜起身離開。

途經飲料店時，他將機車停在店前，走進去買了一杯茉香綠茶，等待的時間裡，特意幾次抬頭看右上方的監視攝影鏡頭，而且盡量讓自己的臉孔能被完整拍攝。拿到飲料後，范左均在機車旁便把它喝光，然後將空杯放在座墊下，打個飽嗝後發動引擎離開。

將機車停在幾公尺外的小巷，躡手躡腳地四下張望，確定路上沒人才快步走到公寓大門前，然後掏出鑰匙開門迅速閃入。輕手輕腳地爬到五樓後，范左均先把耳朵貼在門上，仔細凝聽屋內是否有聲響，聽了一兩分鐘後均是鴉雀無聲，這才拿出鑰匙，用最輕緩，絲毫不發出任何聲音的方式開門。

屋內打理得非常整潔，幾乎一塵不染，客廳擺設雖然簡單，卻也一樣不缺，除了舒服的皮製沙發是他買的，液晶電視和音響，廚房裡瓦斯爐和微波爐也是他買的，衣櫥裡一半的衣服也是他買的，甚至臥室裡價值不斐的床墊與床單組也是他買的，只因為徐曉仙是他的最愛，所以願意給她最好的生活品質。為了達成承諾與維持兩人生活開銷，范左均兼了好幾個差，從早忙到晚，幾乎沒有休息時間，雖然很累，但每晚躺在床上攬著徐曉仙，聽她溫柔的聲音，所有疲累都會立刻煙消雲散，並認為一切付出與努力都很值得。

沒想到半年多前，徐曉仙竟對他說，她很感謝范左均的多年照顧，但自己已經不想再當乖巧的寵物，每天趴在門口眼巴巴等主人回家，她要走出去，在自己的世界盡情奔跑，因此要求分手。

「妳把我的付出當成什麼？」

「付出不代表會得到報酬，難道你不明白這個道理嗎？」

想起徐曉仙冷漠表情，范左均心痛如絞，他不明白曾經發誓永不分離，為何會在毫無預警下生變，難道是自己陪伴的時間太少感情變淡，但那也是為了維持兩人生活所需，莫非命運之神喜歡懲罰努力的人？

雖然范左均處處擺低姿態，卻得不到任何轉圜，並在徐曉仙強勢作為下搬離兩人共築的窩，但他始終無法接受事實，認為徐曉仙只是暫時受他人迷惑，自己不該得到如此對待，只要展現愛她的心境，不計較過程裡的小波折，愛人終會回到身邊，所以范左均除了在徐曉仙工作場所和家門前守候，並適時送餐送傘送溫暖，但半年多來他的心意都被斷然拒絕，而且徐曉仙不但態度強硬，露出不耐與厭嫌神色，幾次甚至向警方哭訴被人糾纏，弄得范左均萬分難堪與沮喪，直到看見徐曉仙上了陌生男人的車，這才瞭解痴傻根本只是自作自受。

每當想起最愛的人躺在別人懷裡，一如過去汗涔涔地呻吟吶喊，范左均怎樣也無法忍受，加上被拋棄的挫折感以及愛恨鮮明的個性，他決定讓負心人付出代價。聽演講只是為了製造不在場證明，所以故意寫下身分證號碼應付日後追查，錄下演講過程，完事後再聽一次以便警方偵訊時能應對，他也想到可能會有人說他中途曾離席，所以在飲料店的監視器留下蹤跡，屆時可以辯稱口渴外出買飲料，保留空杯和監視畫面是證明，演講時間有兩個小時，只要在兩個小時內潛入徐曉仙處所，殺了她，再把現場布置成竊嫌入侵，然後迅速回到演講會場就能完成天衣無縫計畫，所以重點在必須精準判斷徐曉仙的作息。這點范左均相當有自信，因為他和徐曉仙同居五年，非常清楚她的作息，知道週日下午徐曉仙有午睡習慣，所以精心挑選適當的演講場次，並事先偷偷複製已經換過的鑰匙，所以有把握在時間內完成。

躡手躡腳走進臥房時，果然看到徐曉仙躺在床上午睡，清秀臉頰一如當初，讓自己神魂顛倒的模樣，在那稍縱即逝的短暫時間裡，范左均確實心軟，因為面前是自己深愛的人，想動手終結她的生命必須有強大的恨，於是范左均告訴自己，徐曉仙的絕情與虛華不值得留在人間，殺了她可以出氣，還可以讓世人警惕，何況事已至此已無退縮餘地，因為若不動手而驚醒徐曉仙，後果只會讓自己更難堪，並因此背負刑責，所以他極力撫平緊張情緒，然後掏出預備的尖刀，估量著應該直接刺向心臟，還是一刀一刀刮花她的臉，切下她的肉，讓她體會自己半年來如何心如刀割。

但怎麼說徐曉仙仍是他的最愛，所以很難狠心做出凌虐手段，所以范左均決定一刀刺向胸口，快速了結彼此的痛苦，於是雙眼盯著徐曉仙的心臟部位，然後舉起微微顫抖的手，準備使盡力氣一刀刺入，但卻在那一刻，忽然感到背部一陣劇痛，而且立即蔓延全身。

范左均疑惑地回頭，看到一名男人咬牙切齒地咒著髒話，臉上噴濺大量血漬，而且好像正用力扭轉著什麼，不過范左均立刻就明白他在扭動什麼，因為范左均感到自己肺部破了個大洞，不但空氣漏光，呼吸也頓時困難。

這種結果完全超乎預期，並讓范左均驚駭異常，再回頭卻看到徐曉仙面帶冷笑望著自己，當下明白何謂螳螂捕蟬黃雀在後，那一刻他的恨也累積到極點，並化成鮮血強力噴出，從嘴裡發出最嚴厲惡毒的詛咒。

「我作鬼也不會原諒妳，我會生生世世纏著妳報仇！」

這句話有沒有意義我不予置評，因為能否化成厲鬼復仇是冥王的權責，我的責任是拋出鉤魂鍊勾出范左均的魂魄，然後押著被恨意膨脹的靈魂前去冥界報到，但勾出范左均魂魄後我並不急著上路，而是保留時間讓他明白自己的死因。

「解決了！」

「幸好有你，否則真不知還會被糾纏多久。」

徐曉仙抹去身上的血痕，用嬌媚語調感謝林方楠，表示終於可以過自己想要的自由無懼生活，林方楠也露出滿意笑容，而且毫無愧疚與罪惡感。

一個月前徐曉仙向林方楠抱怨，半年來不斷受到范左均糾纏，面對止不住的淚水林方楠既心疼又氣憤，當下便表明要讓范左均得到教訓，甚至澈底從世界消失，徐曉仙聽完後立刻發出炯炯光芒，表示要就一不做二不休，同居五年她非常清楚范左均的個性，知道他會想辦法潛回住所，因此故意留下鑰匙讓他複製，她也知道范左均會趁自己週日午睡時潛回，於是要林方楠事先躲在廁所等范左均入甕，等了幾個週日，終於等到范左均潛入，林方楠也在危急之際衝出來，一刀刺穿他的肺部，終結難解的糾扯。

「要冷靜依照計畫行事，接下來打電話報警，警方到達時我會用驚恐表情哭訴，說長期受范左均糾纏，他由愛生恨，趁我們午睡時潛入意圖刺殺洩恨，一陣扭打後你因為自衛誤殺他。」

「雖然我可能會因此入獄幾年，但只要妳願意等我，一切都會很值得。」

「傻瓜，你為我做出這樣的事情，我當然願意等你，而且我是唯一證人，加上之前報案過好幾次，所以警方一定會採信誤殺證詞，你關不了幾年。」

半年多前見到徐曉仙立刻驚為天人，但不管自己如何獻殷勤追求，徐曉仙總是冷漠以對，直到一個多月前才對他說，並非無情拒絕熱烈情感，自己也能感受到林方楠的愛意，問題是身邊卡了個范左均，使她左右為難不知如何取捨，更擔心將林方楠捲入複雜關係而受到傷害，林方楠急得想討伊人歡欣，讓她完全屬於自己，所以立刻答應超完美計畫，從故意留下鑰匙到屢次報案一步步進行計畫，如今終於順利完成，接下來只剩如何讓警方相信誤殺，以及在法庭上如何為自己和徐曉仙辯解。

自己精心布置的不在場證明，竟變成他人有心設下的陷阱，而且每個步驟都在對方掌握中，范左均的臉色沒有比排泄物好看多少，只差沒有氣到魂飛魄散，但這也表示他對徐曉仙的恨意比生前更重，而且我完全可以設想到，他會在閻王面前如何哭訴委屈，如何哀求希望能領旨報仇，可惜我無權也不想干涉。

兩人模擬了如何向警方應對後，林方楠發現自己滿身鮮血，這才意識到親手殺了一個人，倘若不是為了心愛的徐曉仙，此時肯定驚慌失措到處躲藏，但聽到徐曉仙的承諾後，他還是覺得一切都很值得。

在腦裡不斷重複模擬，待會兒該說出如何誤殺的說詞後，林方楠走到靠陽臺的小茶几，深吸一口氣故做鎮定，然後拿起電話準備報警，但就在伸手要撥號時，突然看到一團黑影從陽臺竄入，時間短得讓他毫無反應能力，更別談意識到發生什麼事情，只知道自己胸口突然插了一把刀，而且鮮血汩汩流出，讓他驚駭得瞪大雙眼，完全不知道是什麼情形。

「這是怎麼回事？他是誰！」

面對指責的手指，徐曉仙依舊保持冷靜態度，幾秒鐘後才撇起嘴角，冷冷地對林方楠說：「讓你做個明白鬼也好，以免死不瞑目。」

一年多前徐曉仙便已對范左均厭倦，過膩一成不變與毫無希望的生活，尤其范左均根本無法滿足自己物慾上的需求，所以那時便和陳冠宇暗通款曲，並如乾柴烈火般凶猛燃燒，常趁范左均忙著兼差賺錢時沈溺於肉慾裡，最後終於提出分手要求，無奈范左均非但割捨不下五年情感，還不斷糾纏意圖復合，讓徐曉仙擔心會影響自己和陳冠宇的情感，以及嫁入大戶人家的美夢，所以一直想方設法要解決與范左均的糾扯，卻苦思不到對策。半年多前林方楠突然冒了出來，並對自己展開熱烈追求，徐曉仙對他一點意思也沒有，因為林方楠只是個游手好閒的小混混，和高富帥的陳冠宇根本無法比擬，甚至比范左均的條件更差，因為范左均至少照顧了自己五年，所以她對林方楠厭惡到極點。

但林方楠的出現卻讓徐曉仙靈光乍現，於是告訴陳冠宇，為了一勞永逸，可以如何利用林方楠，等他殺了范左均後，陳冠宇再伺機從陽臺竄出殺掉林方楠，自己再向警方哭訴他們兩人如何扭打，又如何同時殺了對方，如此一來自己就能完全脫身。

原本陳冠宇還有遲疑，畢竟殺人是驚天動地的事情，但徐曉仙說這絕對是超完美計畫，也唯有如此才能解決自己的痛苦，然後全心全意付出所有的愛與陳冠宇展開美好人生。

思考幾天後，陳冠宇認為計畫可行，因為沒人知道他的存在，殺了林方楠後自己可以從容離開，讓徐曉仙與警方周旋應對，自己確實能因此完全脫身，加上對徐曉仙的情感已經陷入太深無法自拔，於是答應了計畫，在林方楠到達前先躲在陽臺，同樣等了好幾週，最後終於等到計畫裡的超完美時機，一個箭步衝出來，一刀刺入林方楠心臟，為計畫劃下完美句點。

看到這裡，兩縷幽魂全在我面前氣到幾乎變形，尤其林方楠更是恨到極點，不斷咆哮嚷嚷，用最難聽惡毒的話咒罵，說自己連手都沒牽過，卻死得如此冤枉，然後開始哀求我為他主持公道，我根本懶得理會，甚至連看也不想多看一眼，只是如往常般冷冷地施手一拉，將兩縷幽魂拉到幽冥道上。

至於徐曉仙和陳冠宇的計畫能否得逞，是否能順利逃脫法律制裁？這點我完全沒有興趣知道，但卻非常清楚，他們四人的恩怨情仇將會繼續糾葛好幾世。

三百年又二十天

一大早蔡家就忙得宛如市集，蔡媽媽指揮若定，誰該做什麼，誰該拿什麼，什麼東西該擺哪裡，全都交代得清清楚楚，並不時四處檢查是否粗心遺漏。其實這幾天她已經檢查超過十次，每樣東西和流程閉著眼睛也能倒背如流。結婚是人生大事，蔡爸爸也不敢大意，雖然繁俗縟節不是很懂，老婆的堅持可是一點也不能馬虎，忙碌的籌備過程也讓他想起，當年由於生活困苦，婚禮只有兩桌酒席外加一只戒指，換到的卻是四十年幾的支持與鼓勵，生命中最堅強的後盾，所以婚禮對他而言是感動，也是感激。

我結過婚嗎？肯定有，至少和黎巧兒曾是夫妻，只是年代久遠忘了新婚之夜是否心情雀躍，是否期待婚後新的人生扉頁，那些離我太遙遠，宛如揉成一團丟入垃圾桶的日曆紙，過去後便不會有人再去回顧，但不可否認，有時會想找回那種感覺，因為不論是高興得全身顫抖，還是難過得痛哭流涕，都是人才有的美妙情緒變化，陰間幾乎都是痛苦與哀嚎，無止盡的抱怨與求饒，鬼差更是嵌著大理石的心，用冰冷的心聽無盡的苦、無盡的哀嚎，以及無盡的抱怨，早已失去情緒激烈起伏的痛快感，或者說，被森嚴的律法壓抑情緒起伏的暢快感，使得鬼差的生活苦悶不堪，生活像永不出錯的時鐘，一步一步，規律地走向沒有盡頭的未來，所以很多鬼差私下都會懷念，能讓各種情緒在心尖上肆意綻放，身為人才有的幸福。

柔美鋼琴聲在空氣中流淌，宛如清澈潺緩的河，那是雅雯親手演奏，在一個浪漫溫馨的夜晚，正傑讓它成為婚禮進行旋律，提醒自己婚禮是承諾的實現與責任，而且將如悠揚樂曲綿延至無限久遠。他不時和攝影師討論如何取景，怎樣留下完美記憶，因為相戀十年，誰都不希望日後回顧發現遺憾，所以一切都要臻善臻美，每個細節都要展現生世相守的情懷，畢竟人生無法重來一遍。

「這只手鐲是當年媽給我的紀念品，今天我要把它傳給雅雯。」

「雅雯值得擁有。」

夫妻倆在陳舊木箱翻找到手鐲，同意轉贈不僅表達竭誠歡迎的心意，也代表了傳承。其實夫妻倆早將雅雯視同己出，喜歡她的嫻淑善良和對倆老至孝如親的態度，尤其常撥時間陪蔡爸爸去公園運動，幫忙中風後的復健，更讓蔡爸爸感念於心。正傑也不遑多讓，同樣視雅雯父母如親，用各種方式展現自己是值得依靠的人，因此眾人都知道他們終將成眷屬，只是時間早晚而已。

布置新房時沒有任何歧見，全都支持以溫馨舒適為原則，床頭上有正傑和雅雯的放大照片，水藍色洋裝襯托白裡透紅的皮膚，靈氣的明眸洋溢幸福，笑容宛如掬著春露的玫瑰，讓整間臥房瀰漫淡淡香味。粉紅色的絲綢床單，枕頭上的鴛鴦戲水，那是蔡媽媽堅持新房該有的喜氣，不能像當年只在房門貼只雙喜。每個人都為婚禮獻上祝福與期待，共同努力成就完美的記憶。

「該出門了。」

蔡爸爸催促時間已晚，大夥依照規劃按部就班，正傑跨出第一步，祥裕丟出第一串鞭炮，小林扛著攝影機紀錄歷史的第一刻，左鄰右舍立在門口獻上無限祝福。

婚姻是延續人類生命的重要方式，也是情感與行為的規範和歸屬，但一般人總以為經過儀式的婚姻才具實質意義，其實就冥法陰律而言，長年同居同樣被視為姻緣，因為同居意味著其中隱藏了生世因果，雙方祖靈的認同，絕非單純為了節省開銷，貪圖肉慾等簡單理由，尤其長年同居除了沒有那張薄紙，生活習慣、嗜好想法、雙方親友的互動，完全和經過儀式沒有兩樣，所以婚禮是讓承諾更臻美，長年同居的實質意義也相同。

見到神父在停車場等候，蔡爸爸立刻下車表達感謝之意，神父表示不管如何都會來主持這場婚禮，不能缺席天父最慈悲的喜悅。

這裡必須稍做說明，不同宗教信仰並不會影響我的工作，因為每種宗教都有天堂地獄和因果循環，只是陽間傳教方式不同而已，變成幽魂後經歷的報到、審判、承受功過刑責等過程全都一樣。

稍事討論後，眾人分批進入電梯，並帶著愉快神情看數字往右移動，到達十二樓電梯門開啟時，雅雯的父母，妹妹和伴娘等親友已列隊等候，並展現歡迎和期待神情。雖然拄著枴杖行走不方便，釘著鋼釘的雙腿也隱隱作痛，正傑還是婉拒攙扶，表示要用自己的能力走這段路，但祥裕和友益仍亦步亦趨跟隨，小心翼翼陪他慢慢走向婚禮房。

婚禮早在半年前便開始籌備，從布置新房，挑選結婚用品，討論該宴請和邀請的親友，事先拍婚紗，規劃蜜月行程等等，小倆口忙得很快樂。兩個多月前一同出席正傑的同學會，當宣布即將結婚時，所有人都獻上祝福，並起鬨為最後的單時光身留下瘋狂記憶，除了要求當眾表演熱情長吻，還要一起喝完排隊輪攻的酒，倆人雖然望著長長一排酒杯心驚，但每一杯都是祝福與甜蜜，更不想破壞愉快氣氛，所以還是盡最大能力在嘻鬧中滿足要求。

「你還可以嗎？」

「可以，沒問題！」

滿臉通紅的神色讓雅雯有點擔心，但正傑表示神智非常清楚，為了證明有能力讓兩人平安回家，他還做了金雞獨立和直線行走讓雅雯放心，堅持扮演護花使者的角色絕不會發生差錯。

為了讓雅雯放心，正傑用生平最慢的速度開車，但山路蜿蜒也是不得不放慢速度的原因，尤其冬霧籠罩視線迷濛，路燈下的景物也是白茫一片，所以兩人都緊盯著前方不敢稍有鬆懈，可惜酒精的催化力量遠比意志力堅強，未到山腳正傑的神智便已降到谷底，儘管用各種方式想保持清醒，依舊無法抵擋醺醺然的睡意，於是決定暫停路旁休息，以免出現悔不及初的遺憾。

「還是靠邊休息一下好了。」

「前面有塊空地。」

雅雯早已多次建議靠邊休息，因為路況實在不佳，更擔心正傑不勝酒力，聽到正傑願意接納意見自然歡喜，並立刻望見前方路旁有塊空地可供停車，正傑也強撐著意志力放慢速度，但由於剛好處於轉彎處，當他緩慢向左停靠時，突然一道強光直射而來，並在猝不及防的剎那，整輛車被一輛大貨車攔腰撞上，正傑的小客車隨即向左彈開，並直接翻滾到山坡底下。

一陣手忙腳亂後兩人均被救起，正傑雙腿嚴重骨折，雅雯卻陷入昏迷，兩個多月來從未甦醒，醫生數度發出病危通知，最愧疚的無非是正傑，他不怪粗心的貨車駕駛，恨自己因為逞強酒後開車，不管雅雯能否甦醒，他都會抱憾終身無法原諒自己。

幾天前醫生沉重地請家屬作出抉擇，決定繼續以維生系統延續生命，或終止病患痛苦。

常有世人疑惑，當一個人陷入重度昏迷時，到底該算活人還是死人，昏迷時的自主意識，也就是魂魄是否完整？就幽冥角度而言，不管昏迷程度有多嚴重，昏迷時間有多久，只要三魂七魄沒有完全脫離自然還算活人，至於自主意識則視昏迷程度而定，以雅雯重度昏迷兩個多月未醒為例，她的軀體只剩一魂兩魄，五魄因事出突然逸出軀體留在事發地，因此全身器官大部分呈現衰竭無作用狀態，需要日後牽魂引魄歸體，而魂魄能否重新歸體要看壽命是否當盡，所以有些人昏迷十幾二十年後因為陽壽未盡，魂魄能慢慢歸體而甦醒，有些陽壽當盡魂魄無法歸體而死亡，所以家屬放棄維生只是引媒，真正的原因是陽壽是否當盡。

任何人面對這項選擇都是煎熬，尤其對象是至親至愛，正傑坐在病房邊，看著短短兩個多月形貌就完全改變的雅雯，原本清秀姣好面容已蕩然無存，不但臉頰凹陷骨瘦如柴，四肢也開始萎縮，宛如一朵凋萎的百合，他很清楚凋萎的百合是自己所造成，如今怎能親手再捏碎？所以他決定不放棄最後一絲機會，就算雅雯成為植物人也要盡心盡力照顧她一生。為了證明心意，正傑斷然宣布要按照原計畫結婚，這項堅持讓眾人陷入兩難，雅雯的父母不忍拖累正傑一生，表示願意結束雅雯的痛苦。正傑的父母雖然稍有疑慮，討論後決定支持正傑的堅持，畢竟肇因起於自己，怎能在此時機冷漠絕情。

「這樣的婚姻合法嗎？會被承認嗎？」

「法律如何認定，旁人如何看待我都無所謂，不管雅雯能否甦醒，在我心中她永遠是最美麗的新娘。」

雅雯昏迷不醒沒有自主性，這場婚禮在陽間法律確實站不住腳，但冥法反倒沒有陽律冰冷生硬，依照過往經驗，冥王會斟酌前因後果作為評斷依據，不過我對正傑的堅持抱持正面態度，因為如此作為可消抵他的部分罪過，雙方情緣也可能因此延續。

聽到蔡爸爸說明原委時，久經風霜的神父也露出詫異神色，但很快就體會與認同正傑心意，並認為是天父最慈悲的安排，所以自己必須為美麗姻緣作見證。醫院當然很突兀，但基於尊重家屬，以及感念兩人情誼答應全力配合。於是眾人緊鑼密鼓籌辦這場別具意義的婚禮，每處細節都不願馬虎，務必成為最值得回顧的記憶。

晴雯找來美妝師為姐姐化上最美麗的妝，讓她看起來不再消瘦得令人心疼，並換上當初挑選的純白禮服，使病房上的姐姐成為美麗新娘。這點我必須佩服人間的妝扮技巧，因為形同枯木、了無生氣的雅雯確實因此換個人，完全看不出已經昏迷兩個多月未醒的模樣。許多醫護感動如此情愛，紛紛送來花籃和精心製造的禮物，使病房變得溫馨又喜氣。

重要時刻終於來臨，正傑柱著枴杖一步步走進病房，雙方家屬和觀禮的醫護都露出喜悅笑容陪伴在側。

「雯，我希望妳能聽見，不管妳是否能醒來，我都會陪妳走完今生。」

握著雅雯的手，正傑許下最忠誠不渝的承諾，儘管雅雯依舊面無表情地躺在床上，許多人卻已感動得潤濕眼眸。

「我相信姐姐一定會很快醒來，親口說她聽見了。」晴雯靠過來替姐姐感謝深遠沉重的承諾，表示天父如此慈悲，不久的將來必會出現奇蹟，然後從包包裡拿出一紙信封。

「前幾天在姐的書桌看到這封信，信封上注明要在婚禮當天親口唸給你聽，現在我代替姐把內容唸出來。」

晴雯緩緩取出信紙，眾人也靜靜等待，凝聽雅雯準備的婚禮告白。

給最愛我的人：

有一天你問我，誰是我最愛的人，我咯咯地笑，你急得滿臉通紅。

曾經幻想，除了爸爸媽媽和晴晴，我最愛的人要又高又帥又有錢，最好還要有一點點壞，但是我找了很久很久，總是找不到這樣的人，後來天父聽到我的禱告，派了一個不是那麼高，不是那麼帥，不是那麼有錢，又不會使壞的人到我面前。

這個人傻裡傻氣又不懂溫柔，但是他懂我，知道我什麼時候想哭，什麼時候想笑，願意三更半夜跑兩公里幫我買宵夜，下雨時願意脫下外套讓自己變成落湯雞，我生病時會急得像熱鍋上的螞蟻。

那天，我看著那張憨憨的臉，知道自己已經找不到更好的人，而且今生今世將會離不開他，就像魚離不開水，蝴蝶離不開花蜜，我無法想像沒有他的未來，不能忍受沒有他的下半生，所以今天我要成為他的新娘，一起走到天涯海角，白髮蒼蒼。

傑，你是我最愛的人，今生今世，永遠永遠，也謝謝你給我的愛。

最愛你的雯

唸完後晴雯臉龐已濕透，病房裡也響起此起彼落的抽搐情緒聲，正傑更是激動得全身顫抖，他望著面無表情的雅雯，發誓要陪她走到天涯海角白髮蒼蒼，不管發生什麼事都不會放開自己的手。

神父清清喉嚨，表示天父已經感受到真愛，所以應該即刻舉行儀式，於是要正傑站在雅雯身邊，在眾人祝福下唱唸祝禱文，感謝天父的巧妙安排，感謝神賜予的愛，祝禱後再用慎重口吻問：

「蔡正傑，你願意娶林雅雯為妻，不管她生病，痛苦，愉快都不離不棄，永遠與她相守，愛護她嗎？」

「我願意，從來都願意！」正傑哽咽且堅定地回答。

「請獻上代表忠貞不渝的戒指與吻。」

護士和晴雯咬著下唇，靜默的看正傑緩緩拉起雅雯的手，為她套上戒指，然後彎身在她額上獻上深深的吻。

「現在我以天父之名，宣布你們成為夫妻。」

碰地幾聲，護士拉開拉炮，七彩紙條隨即在病房裡散布滿滿的情與愛，並夾著恭喜和祝福潤濕所有人眼睛。

蔡媽媽摀著臉孔不停哭泣，喜悅心情從沒停過，她走到病床旁，握著雅雯的手，用真誠感性的聲音說：

「雅雯，這是婆婆給我的手鐲，今天我將它傳給妳，表達我們對妳的愛並沒有改變，如果妳有聽到，能感覺到媽媽的心意，希望妳再努力一點，我們都在等妳醒來，知道嗎？」

說完後，蔡媽媽淚流滿面地低下頭，在雅雯額頭印上關懷與愛的吻，然後拿起她的手腕，小心翼翼將手鐲套上，當手鐲順利滑入手腕時，眾人的淚水終於奔流而下，幾名護士甚至忍不住掩面痛哭；然而，最讓人驚訝的是，當手鐲慢慢滑入手腕的剎那，他們全都看到雅雯眼角流下兩行淚，那麼晶瑩，那麼清澈的淚水，緩緩自眼角滑落。

說真的，那兩行淚確實很感人，連我也深受影響，但是很抱歉，我是勾魂使者不是愛的天使，所以必須壓抑過激情緒，才能在雅雯的淚水由眼角滴到枕頭時，伸手將她最後一縷魂魄，輕輕地，拉了出來。

三百年又二十二天

今天居然遇到菩薩，祂還是莊嚴又慈悲，雖然不瞭解是因緣際會還是特意，但是能見到菩薩還是讓我滿心歡喜，也立刻對祂頂禮。

「求菩薩原諒，我最近動了凡心，常為世人的苦而苦，為世人的悲而悲，無法再像過去那樣冷漠看待世事。」

「為世人的苦而苦，悲而悲，代表你雖然執行的是冷漠無情的工作，卻還懷有悲天憫人胸懷，那沒什麼不好。」

「不瞞菩薩，我見到了黎巧兒，認為是受到她的影響。」

「我知道，也是此行目的。」

果然冥冥中自有安排，包括與黎巧兒的重逢，耳邊細微的風聲，甚至遇到菩薩，一切都不是巧合，而是順著某種步驟在進行，雖然覺得有點悲哀，感覺不管人或鬼，不論如何努力掙扎，都逃不開冥冥中某隻手的掌握，往好處想是可以因此釋懷，確認自己並沒有偏離軌道。

「請問菩薩，我該如何面對黎巧兒？又該如何與她相處？」

「你做得很好，也很懂得分際不是嗎？」

「但我不知道下一步該怎麼走，她的恨氣太濃，常讓我感到有心無力，甚至質疑因果怎能如此安排，怎能讓恨意累積如此濃稠。」

「當年她刺你十二刀，得到輪迴十二世的循環，你擔任勾魂使者三百年，應該很清楚因果循環的公平性。」

「但這樣不是會累積更多的恨與怨？」

「這便是因果的奧妙之處，讓世人明白恨可以如此無限擴張，並讓自己生生世世得不到解脫，所以任何時候都該阻止恨苗滋長，縱然有恨，也應該放下與化解，才能避免生生世世背負自己造成的負擔。」

「放下與化解談何容易，否則怎會累積十二世。」

「天神是慈悲的，會在每個人即將犯錯或犯錯後給予機會，或許是一個信念，也許是一句不經意的言語，甚至是一名過客，都可能因此扭轉人的命運或化解仇恨，關鍵在當事人如何領悟。」

「菩薩指的是我？我法力有限，福德不足，誠惶誠恐。」

「你有愛，而且歷經三百年洗鍊，擁有不同於世人的愛，黎巧兒累積十二世仇恨，仇恨力量已經過大，再輪迴終究要失控，所以解鈴還需繫鈴人，必須由你讓她重新感受愛與被愛。」

「我不知道怎麼做，請菩薩指點。」

雖然明白自己有化解黎巧兒累世恨氣的責任，但我至今依舊茫然，完全憑直覺走一步算一步，甚至不知道如何著手，所以很希望菩薩能教我怎麼做。

「雖然神會給予機會和責任，但神不會替萬物生靈做每項決定。」

顯然菩薩並不願意告訴我，只是來向我解說與黎巧兒的重逢並非巧合，告訴我解鈴還需繫鈴人，其他的我必須自己去思考和決定，一如所有人與鬼魂，每個交叉路口要跨出左腳還是右腳必須自己決定，所以我沒有繼續追問，只是再度虔誠頂禮膜拜，並三頌聖名。

回程路上我依舊思索，也漸漸明白恨氣太重時會掩蓋其他意念，所有目的都會以恨為基準，所以一味地要黎巧兒放下不僅沒有意義也不可能，因為若能放下就不會累世堆積，唯一能消滅恨的方法就如菩薩所說，讓黎巧兒擁有更多愛，包括愛人與被愛，也包括各種形式的愛，讓愛的力量使恨自然消失，但這又讓我想起另一個問題，如果幫黎巧兒找回遺失的愛，那我和她會不會再次糾纏？

三百年又二十三天

「好羨慕你能見到菩薩，我有很多話想對菩薩說，也想求菩薩恩准復仇，可惜我地位卑賤不敢奢求。」

向黎巧兒說了和菩薩相遇，雖然省略掉她的十二世仇恨部分，卻也足以讓她瞪大雙眼心生羨慕，畢竟不管人或鬼，都很難有機會當面三頌聖名。

「妳錯了，菩薩對眾生沒有階級之分，有機緣自然能相見。」

「我罪孽深重，怕是永無機緣。」

當凡人懷抱雄心壯志衝向未來時，如果屢戰屢敗無法竟功，大抵會呈現兩種狀況，一是愈挫愈勇直到成功，二是信心全失一蹶不振，鬼魂也相同，屢次輪迴轉世無法了結因果，黎巧兒顯然已有強烈自卑和挫折感，不單單是冥界最低階靈體身分，也包含無法脫離輪迴與糾纏恩怨之苦，我雖然不知道實際上應該怎麼做，卻能體會那種心靈糾結的滋味，所以決定先讓她敞開心胸，不要再閉鎖於狹小世界。

「帶妳出去走走。」

「真的可以嗎？」

黎巧兒神情一亮並非沒有原因，因為鬼魂雖然在暫居平民區等待投胎，卻不是想去哪裡就能去哪裡，活動範圍侷限於平民區，有的甚至像黎巧兒一樣奉旨守在元神宮不得擅離，而我雖然也是低階靈，怎麼說也是個官，所以十殿十八地獄都能遊走，甚至能利用一些特權或關係跨區探密，儘管黎巧兒奉旨待在元神宮不得擅離，但菩薩要我隨心而為，所以我還是決定冒一次險，因為對一個長期閉鎖自己的人或鬼來說，開拓視野是跨出自己很重要和直接的方法。

「會不會給你帶來麻煩？」

「不用考慮那麼多，走吧！」

黎巧兒開心地跟了上來，並隨即挽住我的手，我知道此種舉動無關男女情愛，而是這一刻讓她覺得回到四百年前夫妻出遊的情景，所以很自然地做出當年的習慣動作，因此我並不以為意，也沒有任何芥蒂，至少這是重新找回愛的第一步。

冥界沒有陽間的多樣色彩，大多是單調灰色，而且不管哪裡幾乎都是死寂狀態，並非故意塑造，而是幽魂在冥界大抵是贖罪，不需要繽紛繁華的景致讓幽魂懷念陽間造成反效果，何況並非所有幽魂都有權或者閒情雅致四處遊覽。

陰曹地府能遊覽的地方不多，所以我帶黎巧兒走黃泉路去奈何橋，雖然她對奈何橋並不陌生，但不為投胎前往卻是第一次。

奈何橋有三層，有善因福報者走上層，善惡兼半者走中層，惡行孽畜者走下層，每一層都有穿流不止的幽魂，而且全都面無表情，沒有表情的原因不外乎對來世的茫然，以及喝了孟婆湯後的自然反應。

孟婆並非一般鬼魂，而是有修為的幽冥之神，領上天意旨在忘川河畔，奈何橋頭搭築一座趨忘臺，所有要過橋投胎的鬼魂都必須先喝她的忘情水，忘情水共有甘苦辛酸鹹五種口味，並非像購買泡沫茶飲那樣能挑選喜歡口味，更遑論去冰少糖，而是依照功過善惡與投胎目的指定，但不管哪種口味，喝了之後都會忘記前世種種，並立刻呈現茫然失神狀態，所以奈何橋上的鬼魂才會面無表情。

雖然趨忘臺前一如過往，總有長長隊伍等著喝忘情水，但孟婆和她的兩名助理都能處理得井然有序。

「怎麼想到來看我？」

和孟婆認識已經三百年，儘管三百年在冥界並不算長，但我們很投緣，所以情分宛如三千年。孟婆是位慈祥老人，宛如家族長者，總是對所有鬼魂展現慈顏悅色，降低他們投胎前的不安與恐懼感。剛開始我不認為這是偉大的工作，後來仔細想想，倘若每縷幽魂都帶著前世記憶投胎，除了陽間會因此大亂，生生世世的恩怨情仇也將更難化解，道理很簡單，如果世人都記得前世或前前世誰負自己，自己負過誰，糾扯的恩怨只會更複雜不會更清楚，所以孟婆的忘情水是一種愛，化解恩仇的愛。

「帶她來向婆婆問好。」

「我知道她。」

孟婆雖然頗有年紀，卻有嘆為觀止的記憶力，她在奈何橋頭發忘情水，每天接觸的幽魂何止萬千，卻記得每張看過的臉，甚至誰喝過幾遍，上次何時喝，只要閉目略思便能清楚道出，所以很多鬼差都會來找孟婆打探消息。

「婆婆好。」

黎巧兒恭敬地問候，孟婆笑盈盈地拉起她的手輕輕拍撫，就像慈悲和藹的長輩愛護晚輩，讓黎巧兒立刻浸身於親情的溫暖裡，甚至可以看到她的雙眼露出幸福滋味，這絕對沒有言過其實，我查過黎巧兒的轉世資料，知道她幾世投胎家境都不好，自幼便過著缺乏溫暖與愛的生活，造成每世都有偏激想法和行為，所以我認為孟婆的慈藹能喚回埋藏在她心底層，最原始的親情之愛，因此第一站便選擇趨忘臺。

「乖巧又可憐的女娃，這次要好好領悟，不要再來喝忘情水，喝多了傷神。」

「謝謝婆婆叮囑，我會謹記在心。」

孟婆握著黎巧兒的手，對她說些仇更仇，憂更憂，放下一切重新來過才能解脫的道理，並說做起來雖然很難，但天地萬物終究要參透這層道理，雖然都是些老生常談的說詞，但關鍵並不在於道理和領悟，而是孟婆傳達給她的關懷之愛與溫暖之情，那是黎巧兒欠缺與需要的部分，而她顯然也接受了孟婆傳達的溫暖，整體神色已不再那麼慘白與僵硬。

「不打擾婆婆太多時間，有機會再來探望。」

「有時間再過來，婆婆請你們喝不一樣的水。」

趨忘臺工作繁忙，我不敢打擾太久，所以允諾再找時間前來問候。離開前孟婆從懷裡拿出一塊玉佩給黎巧兒，黎巧兒不敢貿然接受，遲疑地望著我，我要她收下無妨，因為孟婆是有修為的神，贈送此物必有原因。

「遭遇困境時，握在手心，想著誰，誰就會出現。」孟婆說。

果然是件寶物，黎巧兒接過後立刻屈膝要拜，讓孟婆一把扶起，笑著說她已千年未受大禮，不要折磨一身老骨頭，我們都瞭解孟婆的慈悲客氣，只好拱手鞠躬謝過。

走到趨忘臺前時，發現有些小騷動，原來是一縷女魂偷偷將忘情水吐掉，她以為神不知鬼不覺，沒想到土裡立刻鑽出荊棘刺穿她的雙腳。

「妳應該把忘情水喝光，不可以偷偷吐掉。」孟婆和悅地說。

「我……我不想忘記一個人。」

「相信婆婆的話，帶著前世記憶投胎對妳沒好處。」

土裡竄出的荊棘越來越多，每一根都刺穿女魂雙腳，痛得她不斷哀嚎，孟婆不斷和悅安撫，表示沒有喝忘情水無法投胎，女魂知道無力抗拒與避免，只好重新接過忘情水一飲而盡，腳上的荊棘也瞬間消失。

「今天才知道吐掉忘情水會有這種懲罰。」

黎巧兒嚇得咋咋舌，我沒有多作解釋，領著她走回黃泉路，沿著忘川河行走，途中遇見幾名被押解的幽魂，全都手銬腳鐐靈體沉重，有的遍體鱗傷沿路哀鳴，讓黎巧兒不斷露出驚懼神情，並瑟縮到我身後，緊緊抓住我的臂膀，本想趁機告訴她，一再輪迴就會一再受苦，不想受苦就要放下仇恨，但最後沒有說出口，因為這也是老生常談的言詞，說了未必有用，必須讓她自己去體會仇恨雖然可以無限擴張，世界上卻沒有什麼仇恨可以亙古綿長，只要找到放下的理由。

忘川河畔遍植柳樹，無風，但柳條可輕晃，樹下只見灰土不見花草，氣氛顯得蕭瑟了點。走到橋上時我們站在橋中央看水，水呈綠色，是整個陰曹地府唯一亮眼的顏色，河面水靜無痕，宛如止潭，實際上卻是有在緩慢流淌，只是要非常仔細才能看見忘川水似靜非靜的模樣。橋上除了有鬼差押解鬼魂，也有獨自過橋的幽魂，他們幾乎全都表情木然，彷彿一邊走一邊在思考著什麼，行進井然有序，宛如有紀律的隊伍，見到熟識鬼魂會互相微微點頭，但不會停下來寒暄敘舊。黎巧兒看得出神，我問，看什麼，她說第一次覺得鬼魂很寂寞，遇見舊識也只能點頭。我說，因為沒有寒暄敘舊的必要，投胎後各有各的因果，而且此時見面後，下次可能相隔幾百年，屆時又是另一番風景。黎巧兒雖然點頭表示理解，口中依舊呢喃鬼魂真的很寂寞。

下橋不遠是入城城門，不管鬼差押解罪魂或一般鬼魂，也不管進城或出城都必須接受檢查，沒有通行文件一律不准進出，還會被當成孤魂野鬼緝拿，所以此處也是冥界需要排隊的地方之一，但是我並非押解罪魂，加上與守城鬼差熟稔，身上又有令牌可以在冥界自由行動，所以我帶著黎巧兒繞過排隊魂龍，直接從旁邊走過去。

「怎麼那麼清閒？」

守門鬼差遠遠就對我打招呼，黎巧兒見了又不自主地縮到我身後，這也難怪，因為許農面目猙獰滿臉青綠，聲如雷鳴，眼大如銅鈴，血盆大口裡長了兩根獠牙，雙手如豹爪，握著一根鬼魂喪膽的長戟，更何況他還能一口噬下任何魂魄。

「沒有任務，所以出來晃晃。」許農用銅鈴大眼盯著黎巧兒看，嚇得她一直縮在我背後，而且還不自主地顫抖。「不要這樣嚇我朋友。」

「哎——講那什麼話，我就長這副德性，難道你沒發現我的心正在笑？」

「你以為所有幽魂鬼差都看得見你的心會笑？」

許農也是我的好友之一，認識超過兩百年，平常戍守在第一殿城門口，檢查過往鬼差和防止鬼魂亂闖，下班後常和我以及張和等人喝酒聊天，他的酒量極佳，怎麼喝都不會醉，常常灌了五、六罈後還能拍拍屁股去工作。

「美女喔！不對不對，應該是美麗的女鬼喔！」

雖然只是戲謔言詞，但面目猙獰的許農說出輕鬆話語，立刻讓黎巧兒的緊繃情緒鬆下，並從我身後走出來向許農點頭致意。

「知道是美麗的女鬼就好，以後見了不要太刁難。」
「兄弟一句話，那有什麼問題。」
「不妨礙你工作，我進城晃晃，找時間約張和他們喝酒。」
「酒我帶，正好前幾天有人孝敬了五大罈。」
和許農喝酒從來都是他負責帶酒，因為他總是有門路弄到酒，我們都知道許農會利用職務之便耍些小手段，但都無傷大雅而且雙方你情我願，所以也就沒去深究和責怪。
「終於知道何謂人不可貌相，沒想到守門的官差也那麼隨和有趣。」
「他本來就很好，只是外貌嚇人。」
路上我說了幾件和鬼差間的迭聞趣事，也說了幾件執行任務時的患難情誼，黎巧兒很用心地聽，並不時發出讚嘆，稱讚天地萬物間，除了親情與愛情，友情也能如此溫暖心靈，並成為繼續向前的動力，那令我相當欣慰，因為黎巧兒投胎十二世裡幾乎都是獨自奮鬥，獨立辛苦成長，所有接近她，或她去接近的人，幾乎都各懷鬼胎互有目的，造成她對人有很強的防禦心，非但沒有什麼真正知心的朋友，也不願與人深交，更遑論患難與共，能大塊吃肉大口喝酒、互相坦誠相見的友誼，所以我相信她看到平常面目猙獰的許農，以及卸下嚴峻不阿的真性情時，能對友情有全新體認。
城內沒有人間車水馬龍和人聲鼎沸的繁華景象，而是一片沈寂，應該說氣氛相當肅靜，街道上大多是公辦官差，面容長相各異，有的書生樣，有的青面獠牙，更有半人半獸形狀，相同的是全都帶著陰冥肅穆之氣，不怒自威的氣勢也令鬼魂不敢靠近，幸好黎巧兒已經明白不能憑外貌與感覺，甚至不能用眼睛所見去評論人事物，所以入城後她雖然依舊小心翼翼跟在我身邊，卻已不再面露驚懼神色，反而好奇地四處觀望，完全沒發現她才是路過官差鬼魂側目的焦點，因為此處已接近秦廣王的第一殿，往來的鬼魂大多被手銬腳鐐押解，而且不是面容哀戚就是神色恐懼，只有她能輕鬆自在地四處張望，若非我的令牌掛在腰間，她的舉止恐怕早引起騷動，不過從另個角度想，這也顯露黎巧兒天真無暇的單純性情。

與幾名路過的熟識官差打招呼後，我們已經走到交簿廳，所有魂魄被勾回陰間後的必到之處，所以這個地方黎巧兒也不陌生，和趨忘臺不同的是，奈何橋上飄的都是面無表情的茫然幽魂，這裡排隊等待辦手續的幽魂，一半以上都在喊冤喊苦，為自己的命不該絕作最後申辯，要求再給一點時間完成未了心願等等，可想而知，那些申辯與請求一點用處也沒有，但也不會讓判官與勾魂使者厭煩，因為我們聽多了，耳朵早已長繭，感受力早已麻痺。

交簿廳後方便是秦廣王的第一殿，祂專司世人壽夭吉凶，審判幽魂陽世功過，沒有任何幽魂可以狡辯諉過，因為除了功過簿上都有記載，殿堂上還有一座孽鏡臺，功能類似陽間的錄放影機，可以將鬼魂在世時的所有行為與思想無限次重播，讓所有鬼魂清楚看見自己曾經做過什麼，說過什麼，所以孽鏡臺前無冤屈，點點滴滴均自為；意外的是當黎巧兒知道孽鏡臺就在殿內時，她竟望著殿內征忪不語，彷彿正在觀看孽鏡臺重演她過去的點點滴滴。

戍守殿口的官差我也認識，分別是小金和多爺，他們同樣是一副疵牙裂嘴惡狠狠模樣，任何未經宣召領旨的鬼魂擅闖都會被他們一口噬掉，永世不得超生，此時他們正在執行公務中我不方便打招呼，只是互相用眼神交流，無宣召或公務我也不能帶黎巧兒入殿，所以我們駐足殿外瀏覽，感受生與死的巍峨與莊嚴。

「回去吧，我有公務要辦。」

駐足殿前未久，我感受到生死簿上浮現任務，於是向黎巧兒表示到此為止，再找機會去其他地方遊覽。

「你有公務儘管去忙，我知道路，可以自行回去。」

「那可不行，沒有我帶領，路上妳會被巡邏夜叉當成遊魂拘走。」

黎巧兒恍然大悟，終於明白一路上若非有我，自己早被巡邏夜叉拘去審問，所以她伸出舌頭露出俏皮表情。我無意深化階級意識，拉大我和黎巧兒的距離，但陰間確實階級細膩且組織嚴密，絕不容許意料外的逾越，但天地之間本來就是有所規範，宇宙萬物也才得以無限期正常運作。

回到元神宮後黎巧兒不斷向我道謝，說她心情放鬆不少，也領悟很多過去忽略的事物，我見她周身恨氣消淡不少，桌上元神燈的火焰也增強很多，知道她已經開始找回遺失四百年的感覺。

「那個……什麼時候可以再見面？」

「公務很忙，但我答應妳，一有時間就過來，妳記得不要再想過去不愉快的事情，好好思考和體悟我們再重逢後的種種，我相信對妳會有很大幫助。」

說完後我隨即故做瀟灑地轉身離開，甚至特意不回頭看她目送我的眼神，因為最後那句吞吐、衿持、嬌嗔、充滿期待的話已撥動我的心弦，讓我內心潮騷不止，說白一點就是升起戀愛的感覺，彷彿回到四百年前，送戀人回家時許諾再相聚，雖然找回愛除了親情與友情，更不能缺少最重要的愛情，但我認為此時湧現潮騷很危險，因為我已經了斷因果，不想也不能再陷入男女情愛中，所以必須堅守底線。

三百年又二十五天

頭頂只剩月光，偶有幾顆星星閃顫，幸好阿亨這幾天的勘查已經摸得很熟，否則還真不知道如何在漆黑中摸索。

何止勘查地形，為了今晚阿亨除了上網翻遍資料，還有生以來第一次上圖書館，也確實因此學習到很多知識，瞭解此處的確是一塊風水寶地，後方有太師椅成靠，前庭開闊有案山，可貴的是左青龍右白虎環抱得恰到好處，能葬在這裡後世絕對非富即貴。當然，不是隨便誰就能得到這處風水寶地，因為這種墓地必須整座山頭買下，連同墓園規劃和建造，花費的金錢並非隨便誰可以負擔，所以非富即貴的寶地通常都是非富即貴的人才能安葬。

想到這裡就讓阿亨很不平衡，因為他的爸爸與爺爺，甚至祖宗幾代都只能推進火葬場，然後跟一夥人擠在靈骨塔裡小小的空間，從來不敢奢望買下一處風水寶地，建造成幾乎可以收門票開放觀光的墓園庇蔭後代，真是一人一種命，命命不相連，不過這也代表葬在這裡的人非富即貴，陪葬品也勢必豐富到令人稱羨。

是的，阿亨並非來挑選風水寶地厚葬先人，讓子子孫孫能大富大貴，開什麼玩笑，如果有錢買下這座山，怎麼會讓公司瀕臨倒閉邊緣？兩個星期前阿亨迷路來到這處荒郊野嶺，意外發現這座壯觀的新建墓園，當他目瞪口呆讚嘆有錢真好時，也隨即想到土壤裡的陪葬品肯定成正比。那是一筆多大數目呢？阿亨雖然無法想像，卻篤定能解決自己目前的困境，甚至還可能因此翻身，但是想歸想，實際行動卻沒那個膽，因為盜墓取財人神共憤，還會損陰德禍延親人，所以阿亨只是笑笑，自嘲債務壓力大胡思亂想。

隔天妻子喪著臉說，精算後發現月底無法支應所有票款，要阿亨盡快想辦法，一旦成為拒絕往來戶，公司勢必無法經營。阿亨很清楚，無法經營的背後是龐大債務和債主，並且會牽連到這間辛苦奮鬥得來的房子，所有一切也都會被爭相搶食，自己的人生更會就此結束，並拖累妻小受苦，所以絕對不能讓這種事發生。

但是可以借的地方已經借到不敢再開口，該欠的人情也早已如山高，事實證明情況已經處於最嚴峻的境地，完全沒有轉圜機會，除非天降奇蹟，否則月底倒閉已無法避免；然而，就在剎那間，阿亨想起前日見到的新墳，心想那是一個希望，沒有辦法中的最後辦法，問題是自己敢不敢。

敢不敢？阿亨差點搥破自己的腦袋，都什麼時候了還敢不敢，何況這可能是冥冥中的安排，讓自己迷路後意外發現壯觀新墳，指點墓裡豐厚的陪葬品是最後生機，所以沒有敢不敢的問題，更沒有要不要把握機會的問題，因為答案非常清楚，自己沒有選擇餘地。

但是盜墓該怎麼盜呢？為了讓計畫順利進行，阿亨搜遍圖書館和網路資訊，甚至看了幾本盜墓小說，收集前人盜墓的步驟，瞭解該用什麼工具，選擇何種時機，如何處理或避開屍毒，怎樣用最短時間和最省事的方式拿到最多陪葬品，雖然不敢自詡滾瓜爛熟，起碼不會天真地拿把圓鍬到現場胡亂挖掘。

古人盜墓必須選時機，有些甚至要挑選良辰吉時，但對阿亨來說，月底前的每一天都是黃道吉日，拖過月底就算神仙指點也是枉然，所以時機不是問題，重點是該不該買防毒面具，因為照書上所寫，陵寢的詛咒經科學驗證大抵是屍毒，屍毒毒性極強，縱然不因此喪命也可能病纏終身，阿亨可不想一輩子受屍毒纏身，所以他確實考慮買防毒面具，卻在軍用品店打消念頭，因為太貴了，眼下經濟無法支應，何況沒事拿個偌大的防毒面具回家不引人注意才怪，所以決定多套幾個N95口罩就好，頂多回家多灌幾瓶牛奶或綠豆湯。

離月底生死交關日只剩一週，危急已近不容再蹉跎，所以今晚帶著圓鍬十字鎬，鐵鎚鐵鑿，繩索布袋等工具回到這裡，卻望著墓園當場傻眼。什麼跟什麼嘛！亂扯一通，書上說盜墓要先找到入口，順著甬道進入前關，如何避開機關暗射，怎樣鑿開地宮巨石門擋，找到棺槨後如何鑽鑿，但眼前墓園是大了點，不就是一堆土墳，哪來前關地宮，哪來機關暗射，有點想罵髒話，罵自己書看太多。

話雖如此，想動手還真有點難，倒不是臨場退卻，而是褻瀆亡靈總是使人生畏，尤其是第一次犯案的新手，但是想到幾天後人生將因此驟變，甚至妻離子散墜入永無天日的深淵，現實壓力迫使阿亨無法回頭，所以他點燃預備好的清香，跪在碑前誠心祝禱，告訴墓園主人自己是形勢所逼，日後若能順遂再起，一定如數歸還外加利息。

「我的膽子很小，就算你不答應周轉，也拜託不要嚇我。」

說完後阿亨扭開瓶蓋，將整瓶酒灑在碑前臺地，算是藉此向亡靈表達承諾，然後走到墓碑後方，蹲在土堆前思考，琢磨應該如何動手。

我站在一旁冷眼旁觀，心中卻是百感交集，因為阿亨雖然是我三百年所見最拙劣、最心虛的盜墓人，也是最倉促、最瞎的盜墓人，但他的行徑竟是我選擇接任勾魂使者，放棄投胎轉世的原因，因為人很容易在形勢所逼下做出驚世駭俗的事情，而那些事情往往受人譴責與唾棄，卻沒有人思考背後是否隱藏無可奈何的動機。當然，我並非認同阿亨的盜墓行為，因為盜墓不僅極損陰德，也是陰律重罪，我同情的是人的迫不得已，畏懼的也是人的迫不得已，所以寧可放棄投胎機會，也不想一再墮入無奈的循環。

這是一枚新墳，黃土堆上連青草都未長齊，卻也是阿亨決定盜墓的主因，他認為風水寶地所葬非富即貴，新墳營建未久，代表屍身並未腐敗得很嚇人，最重要的是陪葬品應該很新很容易脫手，而且墳草未長行事方便，所以眼下問題是應該如何動手。

「小說終究只是小說，帝王陵寢和百姓家墳還是截然不同，之前蒐羅的策略計謀看來毫無用處，唯今之計只有回歸最原始的方法。」

嘀咕幾句後，阿亨挽起袖口拿起圓鍬，決定用最原始、最直接的方式——硬挖！

月亮靜靜佇在夜空凝望，風兒停在樹梢不敢拂動聲響，連平時吵慣的百蟲也靜默不語，彷彿宇宙萬物全都摒息觀看漆黑墳場裡的行動。

雖然土壤鬆軟挖掘沒有太大困難，阿亨還是小心翼翼又心虛地進行，並不時停下手觀察四周，確定連條流浪狗或異常燈光也沒有才繼續。關流浪狗什麼事？當然關流浪狗的事，因為黑夜墓地的晃動人影會引發動物本能，流浪狗很可能由一隻狂吠變成幾十隻狂吠，然後吸引墓場入口工寮裡的人前來一探究竟，異常燈光自然代表有人靠近，所以縱然不是盜取帝王陵寢，相關的基本原則阿亨還是非常謹慎。

胡亂挖掘一個多小時，挖了將近一個人深，土壤已在墳墓周遭形成環山狀，圓鍬終於觸到堅硬物質，阿亨知道已經挖到棺木，心情不禁激昂起來，甚至當棺蓋顯露在月光下時，他更是緊張得心跳加快冷汗直竄。

拿出鑿洞器後，阿亨依照書上所示度量距離，算準後開始用力鑽鑿。他的行為我不意外，而且是在預期當中，因為棺木通常被釘得很牢，他不可能用力敲擊發出巨大聲響，然後憑一人之力掀開棺蓋，冒著屍氣迎面撲上的風險，所以在頭部位置鑿個洞是最快速，也最能降低屍毒風險的方式，由此可見阿亨雖然是盜墓新手，懂得此法也不枉幾天的苦心鑽研。

幾分鐘後，棺蓋就被鑿出一個碗口大的洞，鑿穿的剎那阿亨迅速縮到一旁避免屍氣迎面撲上，躲了幾分鐘，估算屍氣已經洩得差不多，這才起身準備伸手往裡面掏，但當手指觸到洞口時，阿亨發現自己的手居然顫抖得不像話，因為手掌深入洞內後，將決定自己未來的人生變化、公司存亡，以及家庭是否能延續，所以怎能不讓他緊張得猛烈發抖。

「如有冒犯或不恰當舉動，請原諒我的粗心，我也保證若能順遂再起，必定連本帶利如數奉還。」

誠心合十膜拜後，阿亨立刻彎腰把手伸進洞裡，然後開始小心翼翼探觸摸索。第一道順手指傳遞的觸感有點硬又有點爛，他完全不敢想像觸碰到什麼東西或部位，避免想太多頭皮發麻嚇死自己，所以他閉著眼睛繼續沿突起部位往下摸，很快就摸到條狀又堅硬之物，阿亨二話不說立刻用力拉扯掏了出來，果然拉出五六條純金項鍊，此時沒有時間掂量項鍊重量，塞入提包後又將手伸入洞裡，雖然陸續又掏出幾條金項鍊，但成果卻讓阿亨非常不滿意，因為非富即貴的陪葬品不應僅是如此，自己肯定漏了什麼，於是重新拿起鑿洞器往下鑽鑿，鑿穿後立刻伸手入洞，果然摸到屍身雙手穿戴許多手環，但或許是缺乏經驗，阿亨費了很多時間才把六、七副手環掏出來，雖然曾想一不做二不休折斷手掌，卻沒那個膽。

經過一陣摸索掏取後，收穫已不能算少，但仍未達預定目標，那讓阿亨有些失望，並開始責怪所謂非富即貴的陪葬品竟然只是如此，可見得有錢人也是說一套做一套，但就在嘀咕之際，阿亨突然靈光一閃，想到富貴人家常會讓死者嘴裡含顆大珍珠或夜明珠，那才是盜墓者的最主要目標，不過這卻讓他有些猶豫，因為隨之而來的念頭是，屍體會不會咬人？如果手被咬住該怎麼辦？甚至會不會因為嚴重冒犯亡靈，導致屍體忽然從棺木裡蹦了出來？

重重嚥下口水，直挺挺盯著洞口，心想事已至此已無猶豫餘地，如果手指被咬住大不了跟他拼鬥，如果從棺木裡蹦出來大不了拔腿狂奔，一星期後的生死交關比什麼都重要，所以再可怕也要奮力一搏。

決定後阿亨隨即將手伸進洞裡，並很快摸到死者的頭顱，但那瞬間卻讓他背脊竄起涼意，感覺汗毛全都豎了起來，因為他覺得死者的雙眼是睜開的，不但瞪得很大，還透過棺蓋睇著自己，想到死者可能的表情幾乎讓阿亨拔腿狂奔，所幸他立刻平定情緒，並不斷告訴自己，屍體不會睜大眼睛瞪人，絕對不可自己嚇自己。

也許是心有未甘，或自然的物理反應，所以死者的嘴巴閉闔得很緊，怎樣都無法將之扳開，最後還是動用鑿子才撬開，雖然破壞屍身讓阿亨頗有愧疚，但當伸進嘴裡時罪惡感頃刻煙消雲散，因為手指觸感傳來一粒偌大的圓球狀物體，那讓阿亨欣喜不已，立刻將它掏了出來，發現是一粒表面光滑像石頭的物體，雖然不確定是珍珠還是夜明珠，可以知道的是其價值肯定能挽救自己的人生。

想到這裡阿亨終於鬆口氣，認為不枉今夜冒險，人生境遇轉折確實往往在一念間，倘若幾天前猶豫不決，無法狠下心做出決定，此時必定坐在家裡與妻子愁眼相望，絕對不可能出現這種轉圜契機。

但這顆東西到底是珍珠還是夜明珠呢？阿亨舉起手，就著月亮想看清它的透光度，不看還好，一看頓時毛骨悚然全身僵硬，呼吸也幾乎立即停止，因為當他仰頭時，竟然看到土堆上有顆人頭，而且正用詭譎表情望著自己，這個驚嚇非同小可，不但心臟差點從嘴巴跳出來，整個人也立刻陷入極度駭怖狀態，並下意識地將東西塞回背包，然後抓起一旁的十字鎬緊緊握住。

「真被你掏出稀世珍寶！」

不要說正在盜墓的阿亨，任何人在漆黑墳場聽到這句話肯定都會嚇到屁滾尿流，阿亨當然陷入六神無主、魂飛魄散的狀態，正常心智蕩然無存，只剩動物本能以及極度恐懼的反射行為，他一躍而起，使盡全身力氣將十字鎬擊去，並抓起圓鍬不停瘋狂敲擊，狂打一陣後才抓起背包拔腿狂奔，根本不知道自己打的是什麼東西，是真的人頭，還是幻覺？

阿亨打的真是人頭嗎？當他一躍而起，用十字鎬重擊第一下時，我已經拋出鉤魂鍊將青面蕭的魂魄勾出，所以他的確打爛一顆人頭。

青面蕭是常業盜墓人，幾天前發現這處風水寶地的新建墓園，挑了良辰吉時準備大幹一票，沒想到卻被人捷足先登，於是趴在洞緣觀察阿亨的種種行徑，並立刻判斷出對方只是新手，青面蕭想想這樣也好，就讓他去挖去掏，事後再來要求見者有份，自己反而落得省事，因此默不吭聲地從頭看到尾，直到阿亨舉起那顆圓球狀物體，多年經驗立刻讓他斷定是顆夜明珠，不但罕見又價值不斐，還在漆黑中發出淡淡光芒，讓青面蕭忍不住發出讚嘆，沒想到竟嚇到膽小的阿亨，更因此斷送自己的生命。

「大人，我覺得自己死得好冤！」

青面蕭痴呆很久才承認自己身亡，並望著早已消失的阿亨重重嘆氣，然後轉頭抱怨他死得好冤枉。冤不冤枉該去問閻王，生死簿上清楚顯示，青面蕭注定要讓盜墓的阿亨一擊而亡，而且必須重銬枷鎖，所以我根本懶得回答，只是默默將他囚銬，然後拖著極度不甘願，又一路喊冤的魂魄走向幽冥道。

至於阿亨後來的演變如何，會就此展開新的人生扉頁，還是被依殺人罪和盜墓罪逮捕？那不關我的事，我的責任是勾走青面蕭的魂魄，並帶至交簿廳報到，阿亨的下半輩子我一點也沒有興趣知道。

三百年又二十八天

望著沙發上的小塑膠袋，老法遺留的物品，不管是無心或有意，都讓孫浩愚騃，他很清楚塑膠袋裡裝的是什麼東西，猶豫遲疑的是該不該伸出手。

十六年前，孫浩的好手藝讓他當上老闆，而且工程應接不暇，每天跑工地雖然很辛苦，生活卻很充實，夫妻倆胼手胝足開創事業，造就美滿家庭與兩棟透天房屋，那時孫浩是母親的驕傲，街頭巷尾談論的典範，直到亞洲金融風暴妖風襲捲，孫浩受到嚴重衝擊而且倒地不起，每天愁苦地面對龐大債務，雖然賣掉兩棟房屋帶妻小搬回母親的老厝居住，卻依然無法阻斷不停登門的債主，生活完全變調，每天像隻無頭蒼蠅四處奔走籌錢，但人性總是殘酷又現實，平順攀峰時朋友成群，甚至從未謀面的遠親也會主動登門，一旦從高處墜落，親戚的親戚，朋友的朋友，全都會避而遠之，並被視為妖，視為鬼，視為致命病毒，所以孫浩的奔走完全徒勞無功。

「有什麼方法可以用最短時間賺最多錢？」

老法是少數沒有擺出趨吉避凶姿態的朋友，那讓孫浩感覺人間尚有溫暖。當他提出快速賺錢的問題時，老法立刻不假思索點頭，並說只看孫浩願不願意豁出去，敢不敢放手拼搏。

「眼下的我還有什麼願不願意，還有什麼敢不敢？你儘管說，只要能盡快賺到一大筆錢，就算把靈魂賣給魔鬼我也願意。」

這裡必須先作說明，孫浩所指將靈魂賣給魔鬼指的不是我，我才不會窮極無聊沒事買縷靈魂成為累贅，何況靈魂不是寵物，不能牽著在忘川河畔漫步，他指的魔鬼是毗羅王，專與世人簽訂協議，滿足求助者任何願望，條件是獻出靈魂讓祂壯大，並成就萬千陰兵對抗神祇，可想而知，出賣靈魂的人除了會墮入永世不得超生境地，也會被神祇摒棄，永遠受黑暗勢力操控。

但真有人出賣靈魂嗎？我可以肯定地回答有，或許有人認為願意出賣靈魂者大抵是貪圖虛榮，或為了滿足物質與權力慾望，其實不然，據我所知，出賣靈魂者幾乎都是山窮水盡走投無路的人，他們往往會在迫於無奈下選擇將殘存的希望寄託給惡魔；然而，該譴責或同情他們嗎？這點我無法置評，因為不是當事者無法體會求天天不應，求地地不靈的倉皇與絕望，更不敢保證有一天自己山窮水盡時，不會興起出賣靈魂的念頭，這也是凡人與低層靈體的悲哀，因為很多時候確實會迫於無奈做出最差的選擇。

不過有時我會從另個角度思考，現今普世觀念中，神祇是善，魔鬼是惡，是完全根深蒂固的二分法，但自古便有成者為王敗者為寇的說法，倘若當年的神魔大戰，魔意外地打敗神，那現在到底誰是神，誰是魔？何者為善，何者為惡？

「如果你願意豁出去，可以介紹你去送藥和賣藥。」

孫浩倒吸一口氣，完全沒料到竟是這種方法，他的確因此陷入天人交戰，猶豫是否真該將靈魂賣給惡魔，可惜人性之所以不是神性，差別在抉擇時理性的比重太低，因為人性比神性難堅持理性，加上現實永遠是最俐落的劊子手，總能輕易斬斷細如蛛絲般的理智，所以孫浩沒有猶豫多久便接受老法富貴險中求的說法。

剛開始的確很順利，也讓孫浩賺到不少錢償還部分債務，雖然他始終不敢透露金錢來源，可惜人性的另一個弱點是，一開始如果嘗到甜頭，想再回頭便很難，而且容易越陷越深，不過賣毒不吸毒是孫浩的堅持，因為他知道染上毒癮非但會前功盡棄，也是真正無法自拔的罪孽，所以他堅持不將針筒刺入自己的血管。

「我知道你為什麼堅持，但是你有沒有想過，如果有一天被逮捕上了法庭，運毒販毒，以及毒品只供自己施打，一個可能死刑，另一個可能只判個幾年，刑期差多少你有想過嗎？」

孫浩完全不懂法律，聽到這番話真以為差很多，但他仍有所顧忌不敢輕易嘗試，畢竟血淋淋的例子每天都在眼前上演，直到瞥見妻子與陌生男人走進汽車旅館，堅強的防線終於崩潰，他不明白自己為了家庭將靈魂出賣給魔鬼，結果竟是得到如此回報，不但綠帽罩頂，妻子也終日吵著要離婚，最後甚至悄悄離家，絲毫不眷戀二十年胼手胝足的情感。

那天晚上孫浩喝了很多酒，醺醺然地望著牆上的結婚照片，宛如讀著一篇篇斑駁又美麗的記憶，儘管淚水濕糊了半邊臉頰，卻仍無法減輕錐心刺骨的痛，踉蹌中背包裡的白色粉末掉了出來，他呆騃地看著，看了很久很久，腦中浮現施打者說如何沒有壓力，如何沒有愁，神智怎樣變得飄然若風，想起老法刑責差異之說，也想起妻子正躺在別人懷裡汗水淋漓地喘氣，於是他將針筒插入手臂，讓自己進入恍惚幽渺境地，並看到妻子面帶愧容地乞求原諒。

魔鬼的糖果一向不難吃，而且特別容易勾引空虛寂寞的心，所以孫浩開始迷戀幻境裡的纏綿，終日沈溺於恍惚中不肯清醒，拒絕面對現實裡的難堪與痛。

從單純運毒販毒到染上毒癮，這是因果使然，很公平的報應，因為戕害他人者，最後也將戕害自己。孫浩的下場不值得同情，但若平心而論，世人為了抒解壓力，逃避不願面對的事實，常會寄情於某種行為或事物，並深陷其中不能自拔，從另個角度來說不也是一種吸毒？只不過孫浩的例子比較鮮明極端，其他人可以用冠冕堂皇的理由包裝掩藏，其實看在勾魂使者眼裡，同樣都是純真心智的迷失。

幾個月後，債主再度紛紛上門，孫浩卻已無力和無心償還，終日將自己泡在白色粉末裡，逼得老母親只能變賣祖產，為他一次次解決問題，直到市刑大的手銬鎖住顫抖的手，監獄舍房裡毒癮發作萬蟲啃咬的滋味，孫浩才終於幡然夢醒，並為自己的愚蠢流下第一滴淚。

八年後假釋出獄，孫浩跪在老母親面前懺悔，發誓遠離毒品，不再受其蠱惑，並挽起袖口銘志，去工地砌牆糊水泥，到夜市擺攤吆喝，拒接毒友電話與邀約，專心陪兒女與母親看電視聊天，生活圈很狹隘，心境卻無限寬廣。

那年年終尾牙，老闆招待所有人去唱歌，音樂聲拉近彼此距離，酒精燃燒熾熱情緒，孫浩很久沒有大聲唱出希望和飲進夢想，所以放蕩得比任何人都瘋狂；然而，喧鬧與死寂往往只有一線之隔，當他捧著酒杯聽同事唱情歌時，竟思憶起多年不見的秀霞，那曾經將自己視為最愛，一同跪在神靈面前發誓永不分離，卻在自己最脆弱時投入別人懷裡的人，而且絕情得毫無音訊，不禁讓他懷疑人世間是否真有不渝的情盟，亙古的誓約，或者天地洪荒終究只是美麗傳說？

打了幾個酒嗝後，覺得膀胱膨脹得很難受，於是他躲開震耳歌聲，卻在廁所遇到老法，兩人同時怔住，好幾秒鐘無法打招呼。

「真巧，在這裡遇到你，很久不見，重新做人了？」

飄忽眼神與含糊語調，不難猜出老法在廁所裡做了什麼事情，魂飛九天的滋味也再度搔癢蟄伏許久的心，讓孫浩不禁重重嚥下口水，避免輕易再受勾引。

「懷念嗎？我請客。」

望著老法顫抖飄移的手，孫浩再度陷入天人交戰，理智與誘惑強力拉扯，老母親的眼淚和短暫快活在天秤兩頭，但他真的很想再見秀霞一面，縱然只是幻影，儘管握不到實際的手，卻能滿足內心的渴望，擁抱當年的溫柔。

孫浩這樣告訴自己，然後接過老法手裡的小塑膠袋，快步走進廁所。

「一次而已不會再上癮。」

人的意志力有多堅強？三百年來我與同僚爭論過無數次，事實證明人的意志力非常脆弱，像陶瓷娃娃般不堪一擊，像驟雨裡的花朵禁不起蹂躪，尤其執念若無法拋棄，再度面對誘惑時極少人能堅決地拒絕，可惜執念是胸口上的大腫瘤，必須痛下決心或遭遇驟變才能拔除，多數人會帶著腫瘤入棺，或掛在胸口繼續輪迴，孫浩的執念是不肯面對事實，這也是多數人的通病與悲哀。

再度陷入其中孫浩更為謹慎，不敢讓人看出端倪，但金錢與勞動力是最現實且無法掩飾的結果，由每月能按時將工資交給老母親，漸漸地失去工作能力，還要想出很多謊圓前面的謊，使得生命終於只剩謊言與幻想。沒多久老母親病倒床上，孫浩雖然隨侍在側，眼淚鼻涕卻不斷猛流，老母親心知肚明，無奈地嘆氣，淚水從眼角滑落，從枕頭下拿出錢包時孫浩曾經想拒絕，卻無法忍受激烈的肉體煎熬，所以他還是一把搶過老母親的錢包，頭也不回地向外奔去。

這次孫浩又入獄五年，出獄後被兒女視為羞恥不肯親近，親戚朋友標記的印記終身無法抹滅，工頭領班不願給機會，只有老母親的笑容依然溫煦，陪他大街小巷撿拾資源回收物，坐在昏暗燈光下共進晚餐，孫浩知道老母親的時日已不多，如果失去便無人陪自己重新建立自尊與信心，所以泛著淚光跪在地上發誓，再也不碰毒品。

但此時沙發上的小塑膠袋正閃耀著炫麗光芒，七彩繽紛宛如夢幻仙境，並不時發出溫柔甜蜜的聲音，不但掩蓋老母親的眼淚，吞噬親友的唾棄，還用迷惑的粗麻繩將孫浩緊緊捆住，讓他全身僵硬動彈不得，無法決定該閉上眼睛撿起來沖進馬桶，還是裝入針筒裡。

面對誘惑時有幾個人能抗拒？很少，真的很少，因為人是重度依賴又容易迷戀的動物，偏偏塵世裡有太多誘惑，色情賭博毒品，權勢愛情與名聲，每件每件總在人們心高氣滿或沮喪頹廢時測試意志力，可惜絕大多數都無法通過考驗，因為那些誘惑太動人，值得冠以堂皇理由一再出賣自己，用虛幻一再填補空虛，所以孫浩的掙扎只是反應人心的脆弱，凸顯無法獨自抗拒誘惑的無力感。

「掉了東西，有沒有……。」

衝進門後看到孫浩拿著小塑膠袋，兩人不約而同怔忡互望。凝固的時間裡，孫浩顫著手猶豫，不知該歸還或請求割愛，老法當然明白孫浩在想什麼，但他已經哈欠連連，而且淚水鼻涕淹沒臉龐，根本無法顧及猶豫的眼睛。

「廁所借一下！」

一把搶過塑膠袋後，老法投胎似地奔向廁所，剎那間孫浩竟然重重吐口氣，周身翻滾著如釋重擔的解脫感，眼前景物也變得格外清爽明亮。

人定勝天是普世觀念，每個人都相信努力便能扭轉劣勢創造奇蹟，如此勵志固然很好，但站在勾魂使者的立場，我卻必須潑盆冷水，因為努力雖是成功必備的決心，事實上還需要種種因緣際會配合，否則就算勞苦一生也難脫離泥淖，因為人生中有些事任憑努力也無法改變，雖然如此說法會使人氣餒，但若冷靜思考便可發現有其現實上的道理，因為同樣辛勤奮鬥，有些能功成名就，有人卻永遠無法如願，關鍵便在於攸關生命轉折的因緣際會是否出現，以及出現時能否冷靜看待並適時把握，而孫浩將小塑膠袋握在手上時老法衝進來，一把搶走後孫浩沒有追上去，這便是因緣際會的巧妙安排，慢一分鐘或快一分鐘兩人世界都將不同。

施打海洛因不需要花費太多時間，但老法卻久久沒有出來，因此孫浩帶著疑惑到廁所敲門，卻得不到任何反應，不祥預感驟然而起，所以孫浩開始撞門，撞開後卻看見老法倒在馬桶旁，口吐白沫全身痙攣，心中立即明白老法施打過量命在旦夕，二話不說立刻轉身打電話叫救護車。

我站在廁所門邊，靜看翻白的眼睛，涎到下巴的白色濡沫，以及不斷抽搐的身體，然後摒氣凝神閱讀他的思想，一如窺探所有經手的靈魂。

人將死前是何種情境呢？累積三百年的經歷顯示，人將死前幾乎都會快速回覽過去種種，從出生到生命最後一刻，每件值得驕傲的事件，每件羞於啟齒的罪惡，所有未能如願的遺憾，全都會在腦中快速重演，所以我知道老法出生富裕家庭，受良好教育和寄託，但當第一劑海洛因注入體內時，他就成為魔鬼的囊中物，爾後為了支應龐大買毒開銷，開始販賣並蠱惑他人吸食，許多人受巧言令色誘惑深陷其中。就陰律而言，殺人放火自殘墮落的罪很重，死後靈魂會在地獄受盡各種煎熬懲罰，但蠱惑他人犯罪或墮落卻可能永世不得超生，因為為了滿足私心私慾魅惑無辜第三者，罪孽遠比受魅惑的人重，所以我一點也不會同情老法，更對他的死前懺悔嗤之以鼻，所以在孫浩打完電話跑回廁所前，我便狠狠抓出他的魂魄再重鑄枷鎖，然後拖著仍在抽搐和吐白沫的幽魂到冥王殿前細數罪惡。

老法的死給了孫浩相當大的警惕，讓他下定決心遠離毒品，從這個角度來說，這是老法唯一能列出的用處，可惜無法消弭多少罪責。

三百年又三十一天

打開門後黎巧兒立刻挽住我的手，並粲著愉快笑容，彷彿我們又相隔四百年未見，雖然她的轉變讓我開心與放心，但過於親暱的行為卻讓我有些顧慮，因為她顯然已經不把我當成朋友或冥界鬼差，而是類似四百年前的夫妻關係，雖然我希望她重新找回愛人與被愛的感動，並因此化解累世的恨，但我真的無意再陷入情慾裡；奇怪的是，我也沒有抗拒她的親暱舉動。

黎巧兒說她開始明白愛的力量比恨的力量偉大，也開始明白無怨無悔與無私的愛能讓世界更美好，說自己過去太執著，累世都只想著恨與報仇，完全迷失在無盡痛苦中，而且無法解脫，所以她開始有一點點不恨砍她二十七刀的人，也有一點點不恨勒斃她並將她埋到深山的人。

「菩薩會不會因此更願意見我？」

「見菩薩是為了請求復仇？」

「沒有那麼強烈了，現在我只有一股衝動，想跪在菩薩面前盡情哭泣，雖然我不知道為什麼想哭，卻很想罩在慈悲光暈中盡情發洩。」

我伸手撥弄她的髮鬘，用手背輕輕在她臉頰上滑動，告訴她，妳的確已經變了，雖然周身依舊籠著濃稠恨意，但我能感受到妳心中已有愛，相信菩薩也能感受到妳的改變，只要時機成熟肯定能讓妳如願。黎巧兒聽完後更是緊緊貼近我，彷彿要將她的靈體融入我的靈體，讓我不禁打了一個寒顫，甚至有想將她推開的念頭，幸好她很快就仰頭用乞求的目光說：

「能不能再說說你和我的事，我想知道我們有沒有幸福快樂地過日子，但是任憑我怎麼想都想不起來，甚至想太多時會有一種莫名的恐懼，所以你能不能告訴我，我們有沒有一直幸福快樂？」

我該說嗎？望著那雙眼眸我退怯了，雖然她開始懂得愛與被愛，但我不忍在愛苗剛滋長時告訴她愛不一定能亙古綿長，不忍讓她知道愛其實也很脆弱，會因為環境變遷或一時歡愉與誘惑而改變，甚至愛會突然從心靈消失得無影無蹤，我擔心剛燃起的愛苗會因此熄滅，所以假借公務在身無法久留，等改日有較多時間再娓娓述說。

黎巧兒完全沒有懷疑編織的理由，並催促我應該以公務為重，所以我很快就離開，但離開的路上心情卻是異常波動，完全陷於四百年前的最後一晚中。

起床盥洗完畢後，盧敏雄先在關聖帝君前獻上三柱清香，再畢恭畢敬地更換供杯裡的水，然後點上檀香粉，燻過媽祖廟求來的香火後戴在身上，雖然雕像未經法師開光，但他相信只要虔誠便能得到庇佑。

某天看到電視裡的命理老師說用水晶球擺七星陣可以增加財運，隔天他就跑去二手市場買了七顆小水晶球，再按照書上所示擺在屋裡的財位。雕像旁邊有財神廟求來的元寶，前面是開得燦爛的薔薇，聽說新鮮紅花能化煞擋災，所以他特地種了幾盆長年開的薔薇，每天摘花供在元寶前。牆上是觀世音圖像，老一輩的人說可以消災增福，旁邊還有一幅鍾馗畫像，賣畫的老闆說可以斬小人避是非，最好再搭配桌子底下供奉一尊小石雕虎，這些他都有，所有擺設裝置全都和補運改運有關，包括桌子和床鋪的坐向，每天出門宜東或避西等等。

儘管如此，盧敏雄還是認為欠缺什麼，總覺得某些地方做得不夠完善，所以他常去廟宇上香沾神氣，有消災補運的法事更不會錯過，一有空就窩在書局裡翻閱各種改運方法，之所以會如此全因近年實在倒楣到不行，不但諸事不順而且每況愈下，所以他堅信自己肯定犯了煞或運勢黯淡。

幾年前全球金融風暴，服務十年的公司無預警倒閉，盧敏雄失業後用所有積蓄頂了間飲料店，可惜不擅經營又無法應付同業競爭，所有積蓄幾乎全部賠光，父母曾說小時候帶他去算過命，說他不是做生意的料，當時盧敏雄完全嗤之以鼻，除了認為算命師都是騙人的江湖術士，更相信人定勝天、努力就會成功的道理，否則人生努力還有什麼意義，所以他將僅剩的錢拿去批貨，每天在夜市裡吆喝，偏偏就是那麼邪門，同樣地點同樣物品，不到一個月盧敏雄就黯然收攤，讓他開始相信玄學果真有其奧妙之處。

命理老師是不是江湖術士？這麼說好了，哈佛畢業的人是不是都能成為大企業家或學術有成人士？道理其實是一樣的，頂著哈佛光環偷蒙拐騙的大有人在，沒念什麼書卻能成功或擁有專業職能的也比比皆是，學問學識只是工具，關鍵在人心，而就我三百年所見，確實很多人學點皮毛就自詡為大師，雖然不是每個人都有拐騙意圖，純粹只是虛榮心作祟，但卻又牽涉到兩點，一是學藝不精拖累其他人的知識與位階，並讓很多人對其職業投以負評。二是會找命理師批算者幾乎都是運程不順，陷入困境或迷惑難自解的人，如果再遇到學藝不精者，或觀其言行投其所好的命理師，自然無法獲得任何幫助。

所以命理老師是不是江湖術士可以用最簡單的方法分辨，好的、厲害的、學有專精的命理老師都有正信正念，不會輕易要人掏錢買招財改運商品，而且不須要靠宣傳廣告爭取曝光提高知名度，光靠學生弟子口耳相傳每天就會忙翻，只有幫人算一次後對方就不再聯絡的人才需要到處說得口沫橫飛。

不過有一點倒是很正確，人生中有些事可以經由努力改變，那是非定數，屬於個人修為，包括個性脾氣、行事風格、思想觀念等等。比方說，某人經商失敗或人生一直不順遂想好好振起，求助命理老師或神佛固然可以獲得方向，關鍵還是在能否改變自己，因為過去會生意失敗、與人不合、婚姻不順，代表自己的想法或方法是錯的，如果那些想法與方法沒有改變，縱然天神下凡指點迷津也會歷史重演，更不要指望神來一筆、天降奇蹟改變命運，那是不可能的事情，否則世界上就不會有窮人，也不會有人自殺，而神仙都不可能天降奇蹟，更遑論沒有法力的命理老師或各宗教師父。

人生中有些事屬於非定數，自然也有定數，定數當世不可逆，來世可逆，當世再怎麼努力也無法改變命中注定，屬於三世因果宿命論，例如累世作為注定無法成為成功大企業家，不管怎麼努力都只能領薪度日，命中注定不該成為黑道大哥，再怎麼要狠使詐也只能是無賴，甚至從出生開始所接觸的人事物也會與黑道絕緣，命中注定成為教師，其接觸的人事物與思想觀念就會是相關範圍，如果硬要違逆定數，例如擁有盛譽的經濟學者改行做生意，很容易輕易倒閉，除了理論與實務的差距，關鍵在沒那個命。

世人大抵相信因果，卻又抗拒因果，每天研究他人成功之法，設想自己也能如法炮製，完全忽略能力、實力，以及先天後天上的差異，最後對因果懷疑，對人性失望，所以正確的觀念與作為是，命理與玄學可信，但必須先有定數與非定數的概念，再藉由命理玄學瞭解自己的優勢與劣勢，從而尋找出最適合自己的道路，絕對不是像盧閩雄擺滿一屋子招財改運物品就能天降奇蹟扭轉人生。

黯然收攤後，盧敏雄也曾好好工作重新再起，但他自認工作一直很不順遂，不是過於勞苦就是薪資太低，高薪有未來的工作又沒能力和條件擔任，蹉跎幾年後求職機會也越來越少，輾轉得知佑哥缺人手，於是他加入運毒行列，剛開始很順遂而且收入豐厚，但賺錢容易出手自然闊綽，冒險所得很快就花費殆盡，沒多久佑哥被警方緝捕歸案，快速賺錢的門路也告終止，但那次經驗讓盧敏雄認為致富必須走偏門，朝九晚五賺得錢不可能致富，因此他放棄正規職業，再也不想忍受烈日雨淋在工地裡綁鋼筋，也不想扛著大包小包在夜市擺攤，改在夜店當藥頭，卻因此關了一年多，出獄後投入詐騙集團當車手，但收入並不穩定風險又高，於是轉當地下賭場的盤口，自己卻因此深陷其中，從職棒到網路賭場無一不輸，並累積了鉅額債務，每天被地下錢莊追討，幾次甚至被押去痛毆，逼得他必須避走他鄉。

然而，一切的境遇，包括每賭必輸，盧敏雄都認為是運勢不順所致，尤其好幾次篤定會中大獎，卻像被鬼遮眼般硬生生溜走，所以開始想方設法要扭轉運勢，並相信扭轉後就能大富大貴。

擺置那麼多消災解煞增強運勢的東西有用嗎？其實盧敏雄也常感懷疑，因為不論向何方神聖祈求，用任何方式增補財運，至今依舊不見半點效應，所以懷疑任何獨門方法都是商人的詐術，甚至強烈質疑神佛只願意幫助有錢人，根本不會對窮人救苦救難，每天如儀膜拜祝禱只是在欺騙自己而已。

陽間所有去煞補運方法，以及神佛是否只眷顧有錢人，這些問題我不想給予評論，因為答案非常主觀。有些人禮佛拜祭純粹是為了消除因果罪孽，增加來世福報，這些人只要生活平穩便覺得神佛有庇佑，但絕大多數人手持三柱清香時，心裡默唸的都與錢財、健康或姻緣有關，而且全都祈求快速達成，一旦未能如願，虔誠的心便會動搖，所以救苦救難的定義全憑個人主觀。

但儘管如此，盧敏雄還是相信運勢能改，只是自己沒找對方法，所以他依舊每天例行膜拜，四處尋找改運良方。

「仙姑說現在開始你的運勢要轉變了。」

「真的嗎？」

以前仙姑總是要他再忍一忍，今天竟然說要轉運了，而且是即刻開始，這讓盧敏雄既意外又開心，不禁雙手和十感謝仙姑庇佑。

「請問仙姑，我現在應該怎麼做？」

乩童依舊捻著蓮花指唱七調詞，神情雖然肅穆，卻似一朵朝陽下的含露百合，案頭順著起伏音調頻頻點頭，然後對盧敏雄翻譯。

「仙姑表示，運勢改變的人任何事冥冥中都會有助力，所以不需要想太多，憑你的想法和直覺去做就可以。」

「任何事都可以嗎？」

案頭堅定地點頭，要他大膽去做，必要時仙姑會幫忙，聽得盧敏雄心花怒放，並許諾發達日必來答謝神恩，然後畢恭畢敬地起身離開。

但半個多月過去後，非但沒有感覺時來運轉，而且因為聽從仙姑指示憑直覺行事，全力拼博的結果是輸得更悽慘，不但行竊所得全數賭光，向地下錢莊借貸也輸到所剩無幾，讓他對仙姑所說的話強烈質疑，並認為極可能是神棍詐術，還是要靠自己找出路才行。

幾天前在書店翻閱書籍時，當場被內容深深吸引，並驚覺自己擺置那麼多消災轉運物品，作那麼多法事，拜遍大小廟宇根本是方向錯誤，因為書中清楚寫著，當一個人時運不濟時，最佳方法就是將壞運氣轉給別人。

這段文字讓盧敏雄思考整天，試圖透徹其中含意及方法，卻始終無法參透，正當準備放棄時，乍然看到新聞播報一則謀殺案時，盧敏雄才猛拍大腿幡然若醒，認為將壞運氣轉給別人的最佳方式就是殺一個素昧平生的人，因為沒有什麼比被陌生人無故殺害更倒楣。

但殺人是驚天動地的事情，必須縝密規劃所有細則，否則肯定無法逃脫法律制裁，為此盧敏雄又思考了幾天，包括如何尋找對象，準備何種工具，如何選擇動手時機，事後脫身之計等等，每個細節他都反覆推演運算，並詳實記錄找出未臻完美之處，最後才擬定自認天衣無縫的計謀。

殺人能轉運當然是無稽之談，而且不管計謀如何縝密，最後都難逃陽間法律和冥界制裁，但鬼迷心竅的盧敏雄卻深信不已，絲毫未察覺他的心已被惡魔占據，並一步步走進深不見底的陷阱裡。

相由心生是真是假？絕對真實。當一個人內心充滿良善喜樂時，他的面容是清秀和藹，眼神柔和散發魅力，但當一個人滿懷歹毒念頭，或自私自利不顧他人時，面容大多鄙俗猙獰，眼神散發陰風邪氣，一如盧敏雄雙眼布滿血絲，目光奸邪晦澀，臉部肌肉橫生且帶青氣，奸邪由心擴展至外貌，標準的惡靈入侵，可惜一般人往往無法察覺由心而變的相貌，因為惡魔不但擅於蠱惑與設陷阱，也擅於偽裝。

擬定計畫後盧敏雄便開始打電話，卻打了好幾通都無人接聽，直到第六通才終於撥通。

「請問你那裡有套房出租是嗎？我一個人住……白天上班晚上才回去睡覺……是的……可以先看房子嗎？好，我大概四十分鐘後可以到，謝謝。」

掛上電話後，盧敏雄露出兇光撇嘴微笑，他完全沒有猶豫或退縮，反而慶幸計畫終於能開始進行。抽了幾根菸再次推演步驟，將尖刀放在褲子後方口袋，繩索、手套與酒精棉放入背包，然後喝了一大杯水穩定略微起伏的情緒，確認不會露出任何破綻便抓起背包出門。

上樓前他先仔細勘查地形，發現附近人口稠密，四周全是透天平房與公寓，還有不少人站在路旁聊天，顯示附近住戶感情和睦，自己的出現引來注目，代表守望相助力頗強，這讓他幾乎打了退堂鼓，但思考後還是決定見機行事，縱然不成功當作演練也好。

「該有的東西都有，但是網路和管理費不包含在房租裡。」

盧敏雄假意檢查所有附設家具，幾乎沒有將房東的話聽入耳裡，他在意的是進門後房東就讓大門開啟，還不時有人從門前經過，當下便知道此處不是最佳目標，因此有一搭沒一搭地敷衍。

「家具有點舊，而且這裡不好停車，我還是另外再找好了，謝謝。」

儘管房東表示租金可以再談，盧敏雄還是藉故推辭，然後故做鎮定地下樓。下樓後原本打算回去上網再找其他租屋訊息，但或許是命中注定，當他發動機車引擎準備離開時，手機突然響了。

「對，是我打的……我想租屋，不知道能不能先看房子？好，我大約二十分鐘可以到……好，再見。」

儘管並未動手，自己也表現得無所異樣，但心中有鬼時最容易疑東疑西，所以聊天的路人雖然只是不經意轉頭，盧敏雄還是心虛了起來，因此掛上電話後便匆忙扭動油門離開。

二十分鐘後抵達約定地點，由於位處山腳，環境相當清幽，空氣裡漫著一股淡淡香氣，南阡北陌的道路兩旁幾乎全是透天平房，家家戶戶大門緊閉，路上沒有半個人影，除了站在約定地址門口的年輕人。

「盧先生是嗎?我爸現在沒有空，所以我帶你去看房子。」

「裡面有家具嗎?」

聽也知道這句話是隨口發問，因為盧敏雄很清楚透天平房極少附帶家具，裡頭通常都是空無一物，他的心思全放在年輕人身上，仔細度量他的年齡、身高體重、說話神態以及肢體語言，最後確定他是容易下手的對象，因為自己身形比他高大，絕對能在行動時取得優勢。

進屋前盧敏雄再度環顧四周，確定連條流浪狗也沒有，也就是說無人知道他曾經來過，年輕人則謹慎地關門上鎖，然後帶著笑容領盧敏雄入屋。

「這間房子雖然比較老舊，但保證不會漏雨，該有的衛浴設備都很齊全，雖然目前斷水斷電，如果你要租馬上可以恢復。」

房子的確老舊，牆面油漆泛黃而且斑駁，客廳雖然有面窗對著屋外巷弄，卻被毛玻璃阻隔成兩個世界，屋裡沒有任何家具，看得出來許久未經人煙。

「你一個人住還是和家人?」

「只有我一個人。」

盧敏雄信口敷衍，假意四處檢查，看了廚房後要求上樓察看房間，年輕人毫不猶豫地轉身帶領，並表示樓上共有三間房，衛浴共用，他笑著說一個人住應該無所謂，盧敏雄則度量著樓梯有點窄，等下必須從容下樓，否則難保不會失足滾落。

「二樓有兩間房一間衛浴，另外一間在三樓。」

房間分前後段，樓梯在中間，浴室廁所在後面，同樣老舊斑駁而且空無一物，盧敏雄假裝檢查各個角落和天花板，心中卻已決定在此下手，因為二樓不易被人發現，作案後可以從容不迫地善後，包括用酒精棉擦拭自己留下的跡證，問題是如何轉移年輕人注意力？

「大致上還可以，不知道房租怎麼算？」

「一個月一萬五，押三個月。」

「太貴了。」

「但這附近都是這個行情。」

「馬桶都堵住了，我還要找人來通。」

「有嗎？」

年輕人驚訝地說不可能，表示復水之後就能沖掉，盧敏雄要年輕人自己去看，他不可能眼花或說謊，為了證明只是缺水，年輕人馬上轉身前去廁所察看，盧敏雄見機不可失，立刻抽出尖刀握在手上，準備在年輕人踏入浴室時從他背後狠狠捅幾刀，而且一定要刀刀刺中要害讓他當場斃命。

年輕人腳程很快，盧敏雄亦步亦趨地跟著，握在手上的刀絲毫沒有發抖，眼睛裡布滿濃濃殺機，臉上肌肉扭曲猙獰，心中只有轉運計謀，一等年輕人跨入浴室，他隨即舉起尖刀準備朝後背刺入，直接穿破年輕人的肺臟。

突來的斥喝讓倆人都愣住，年輕人轉身看到一把尖刀正對著自己，盧敏雄回頭發現屋裡竟然還有其他兩人，而且從位置來看應該是從三樓下來，他驚覺不妙，並後悔沒有先上樓察看，但唯一的出入口又被兩個年輕人堵住，只能被迫立在原地想脫身之策。

「你想做什麼！」

其實這是一間荒廢多年的空屋，也非年輕人家族所有，第一個年輕人叫做小撤，終日游手好閒，堵在樓梯口的兩人是大肚仔和猴子，三人機車搶劫後都拿去泡網咖，偶然發現這間空屋認為是條財路，先在租屋網刊登出租訊息，約好時間前大肚仔和猴子躲在三樓，伺機出來搶奪看屋者的錢財，再仗著人多警告不准報案，同樣模式已經成功四次，本以為盧敏雄是另一頭肥羊，沒想到卻看到他想刺殺小撤。

「你拿著刀站在我兄弟後面想做什麼？」

「我……我……沒有……。」

盧敏雄驚訝得不知如何回答，手中尖刀也不知該收起來還是繼續握著，自己雖然不算瘦小，但是一對三的確非常棘手，尤其大肚仔明顯比自己魁武，走過來時彷彿地板都會震動。

「難不成你想殺了我兄弟，再拿走他身上的錢是不是？小撤，他想殺你耶！他想殺你耶！」

「媽的，你竟然想殺我！」

「不是……你誤會了。」

「那你怎麼解釋手上的刀？」

就算不是完全正確，倒也說對一半，所以盧敏雄根本無從辯駁，只能困窘地被三人圍住，大肚仔還拍擊他的臉頰給予警告和懲罰，嚇得盧敏雄不知所措，直到猴子把手伸進背包和口袋，危機意識才驟然攀高，因為口袋裡的三千元是僅存的財產，也是轉運後翻身的本錢，說什麼也不能讓人拿走。

「怎麼出門只帶三千？給我兄弟收驚都不夠。」

「還給我，改天我再來道歉。」盧敏雄盯著三千元說。

「意思是說讓你回去搬救兵？天底下有這麼好的事？事情還沒完，慢慢來。」

三千元可以讓人做出什麼事？眼看猴子即將把錢塞入口袋，盧敏雄由窘困瞬間轉成憤怒，認為猴子不該強取豪奪他人碩果僅存的希望，所以就在三千元逐漸沒入口袋時，他終於按捺不住，猝不及防地握著尖刀向前刺去，猴子身手矯健地閃開，盧敏雄卻被大肚仔一拳打得頭昏腦脹，刀子也震落在地上，爾後就是一陣拳打腳踢，最憤怒的是小撤，想到剛才差一點喪命，氣得撿起尖刀，撥開猴子，吶喊一聲後奮力往蜷在地上的盧敏雄後背刺入，而且剛好穿過肋骨直達心臟，當他瞪著大眼拔起刀準備再刺時，鮮紅血液也隨之噴出，不但噴濺在他身上，也將現場染得無比駭怖。

「你幹嘛殺他！」
大肚仔首先從失神狀態甦醒，猴子繼續驚嚇得不知所措，小撤則張著嘴看掙扎的盧敏雄，不知道自己為何鬼迷心竅動手殺人，嚇得全身不停顫抖，直到耳裡響起猴子的叫喊聲。
「閃，快閃！」
三個肇事青年完全無法思考，也顧不得身上沾滿血漬，在猴子大喊後立刻爭先恐後地奪門而出。
我走上前去，看著扭曲抽搐的盧敏雄，數著已然失序的心跳頻率，感受越來越弱的呼吸，聽他嘴裡叨叨唸唸還我三千元，然後拿出鉤魂鍊纏繞在他頸上，等「三千元」最後一個字說完，等他不甘願地望向樓梯口時，隨即將他的魂魄給拉了出來，並重銬枷鎖。
呆駭了一兩分鐘，驚見面前屍體後，盧敏雄才知道自己已經死亡，而且一如所有新魂，當他轉頭看到我時，立刻嚇得後退半步，全身也不停哆嗦顫抖。我冷冷看著那張驚嚇面孔，很想問為了不可能實現的希望落到如此下場值不值得，更想問事到如今知不知道運勢到底掌握在誰手上？但是我沒有說出口，只是靜靜看著他，看他慢慢由驚恐轉為接受，然後心灰意冷地垂下頭。
「我這樣算不算轉運了？」也許是看到身上的鉤魂鍊與枷鎖，盧敏雄乍然夢醒地抬頭看我，然後露出非常苦澀酸楚的笑容說：

「我知道了，原來運根本不會轉……。」

我不想也沒必要回答，照慣例施手一拉將他拖到幽冥路上，幽冥路上依舊黝暗，靜得能聽見血液噴出的聲音，以及不斷重複又重複的喃喃自語：

「原來運根本不會轉……根本不會轉……。」

三百年又三十六天

乍然夢醒後，余興發現全身都是汗，而且身體不自主地顫抖。

窗外月亮高懸，柔光從含笑樹隙灑落，北斗七星靜躺夜空，倒扣著某些人心情。平緩驚詫情緒後，余興急切地伸手摸索，找到香菸，點燃，用力吐出煙霧。

「誰？誰在那裡！」

瞥見影像時差點從床上彈跳起來，並驚恐地看著面前白牆。不知是眼花，還是夢魘後的心理作祟，總覺得白牆上隱約浮現人形，甚至耳中也迴盪著飄渺空靈的聲音，聲音彷彿近在咫尺，又似遠在天邊。

「想念我嗎？我好想你。」

任何人遭遇此景勢必心神崩潰，所以余興的瘋狂舉止完全可以理解，他抓起菸灰缸和枕頭，以及所有一切抓得到的東西朝白牆擲去，雙眼充斥紅絲，脖子和手臂的青筋暴露，惡毒難聽的話連珠砲般脫口而出，詛咒看不見的形體該被打入十八層地獄。

該不該被打入十八層地獄不是他說了算，陽有嚴法，陰有嚴律，縱然各殿冥王也無權擅作主張，不過我倒是蠻同情余興，因為世人很容易被幻覺嚇破膽，而且絕大部分起於心生暗鬼，因為幽魂在陰間必須飽嘗無數審判與刑責，沒有時間，也不會沒事跑到陽間嚇人，未得冥旨擅回陽間是陰律重罪，想通過層層關卡闖入陽間也不可能；當然，也曾有過意外，大多是留戀陽間某些人某些事，或憤懣難止竄逃復仇，但僅是極少數，一般人想遇到此類鬼魂比中樂透頭獎還難。

瘋狂發洩後，余興氣喘吁吁地癱坐床上，香菸早已不知道甩到哪裡，沒有尼古丁穩定情緒，不安感頓時高漲，於是重新點燃一根，然後汗水淋漓地呆望面前白牆。

一隻目光炯炯的夜梟站在含笑樹上，以迅雷不及掩耳的姿態向下俯衝，掠得一隻老鼠後飛到木棉樹上。夜梟抓老鼠是因果，余興被惡夢驚醒後發狂也是因果，因果無時無刻都在陽間與陰間循環。

呆坐許久，菸灰將斷未斷，情緒卻已平緩不少，額上汗也逐漸蒸乾。挪挪僵硬姿態時，菸灰掉在床上，余興渾然未覺，腦袋依舊虛空茫然。

三個多月前突獲通知，慌亂趕到市郊後，現場已圍起封鎖線，法醫勘驗已結束，鑑識人員還在蒐證，封鎖線外圍著議論人群，被帶領進入認屍的余興雙腳癱軟，跪在地上任淚水一顆顆滾落。

「請你節哀，並配合警方調查工作。」

「怎麼會發生這種事……。」

「經過初步勘驗，尊夫人死於車禍意外，遺憾的是肇事者已經逃逸，雖然地處偏僻沒有監視錄影畫面，警方仍會盡力追查。」

「麗娟啊麗娟，妳怎麼可以就這樣走了！」

余興哭得一把鼻涕一把眼淚，不斷哀求警方一定要抓出兇手幫太太報仇，悲傷嚎啕的聲音使人心碎不忍，但警方也只能盡力安撫。

「最後一次和尊夫人見面是什麼時候？」

「早上她說要回娘家。」

「她娘家在這附近嗎？」余興反射性地四處張望，然後搖頭，答案讓警方疑惑。「那她為何會出現在這裡？」

「我不知道，我真的不知道。」

死者娘家不在附近，卻被撞死在偏僻的產業道路上，雖然要等詳細鑑識報告出爐才能推論，卻已讓兩名交頭接耳的警官直覺事件並不單純。

喪禮很快就舉行，雖然是第三任妻子，還是有不少人前去弔唁，親朋好友都安慰不要過度悲傷，要勇敢面對已經發生的事實，但拖尾音的哀樂依舊黏在皮膚上刺激敏感神經，搖晃的幢幡怎樣也召不回過往，人生最悲傷莫過於死別，總能使人肝腸寸斷，尤其突發噩耗更令人驚慌失措，所以雨湘跪在一旁不停啜泣，怎樣也無法接受母親就這樣突然走了。

面無表情地看麗娟被推入焚化爐，余興憔悴地像嚴重失水的枯木，接近死亡般乾槁。

記得曾有算命師鐵口直斷，自己雖有三妻四妾命，但所有妻妾全都會不得善終，前兩任妻子都死於意外，麗娟最後還是無法逃脫宿命，難道命運真已被安排，不管如何努力都無法掙脫？

命運是否天定？這是爭論千古的老話題，但世人的確都為三世因果而活，了結前世糾扯，創造未來問題，無止無盡地循環，如此而已。

「事情已經發生就要面對現實，不要太難過，妳要好好念書，不要讓妳媽在天之靈失望。」

麗娟的死讓家裡陷入愁雲慘霧，余興背負剋妻罪名，雨湘失去最堅強的支持與愛，每個人都不好過，但還是要打起精神面對未來，雖然雨湘並非親生，父女仍要相依為命面對未來，誰也不希望被驟變擊垮。

喪禮結束雨湘就趕回學校，余興獨坐家中發現氣氛宛如靈堂，雖然結婚不到三年，當初也是因為情投意合，希望能相互扶持到老，沒想到幸福只是短暫，家裡很快又陷入荒塚般寂靜，讓余興不禁感嘆，自己恐怕真要孤獨過一生。不過麗娟的死並不會將父女倆擊垮，因為保險金可以適時抒解窘困家計。

「張小姐嗎？我是余興，想請問我太太的保險金什麼時候可以下來？金額大概多少？我瞭解，好，麻煩妳了。」

雖然有了明確答案，余興仍不免抱怨保險公司的狡詐，怨懟繳保費時一天也不能寬限，申請理賠時卻總是推三阻四。張小姐表示壽險部分沒問題，意外險則必須等警方破案，否則無法證實是他殺還是自殺。明明死亡證明書上已經注明車禍意外還要想盡藉口推辭，難道保險公司都是如此看待保戶，將所有保戶視為小偷或搶匪？但抱怨歸抱怨，為了避免被人懷疑麗娟的死與保險金有關，所以他完全不敢據理力爭，只希望事件能盡快落幕，所有理賠能順利核發。

想到這裡不免要感謝麗娟，雖然她的死令人難過，適時化解每天被逼債的壓力也算功德一件，所以上香時他的確抱著感激之心，但念頭一轉，感激的心立即隨裊裊煙霧飛去一半，因為粗略估算後，連同積壓的房貸和借款只能償還一半，另一半還是要等警方結案後核發的意外險，這等於問題沒有解決，還是要想辦法處理另一半壓力，否則真不知道地下錢莊會使出何種手段，但眼下還有什麼辦法可想呢？余興坐在客廳裡失神，因為實在想不出方法。

「想我嗎？」

這次余興真是結結實實地彈跳起來，因為聲音雖然悠遠，空渺得宛如憂傷回音，卻清清楚楚在耳膜上迴盪，當一個人陷入深層思考時，忽然聽到這種聲音怎不感到震驚駭怖？但余興隨即認為有人躲在某處惡作劇，於是起身四處尋找，從房間廁所廚房找到陽臺，卻遍尋不到可疑之處，不禁推翻惡作劇推測，改推測是沒睡飽產生幻聽，世界上根本沒有鬼，要不然那麼多壞人怎麼都不會得到報應，不需要自己嚇自己。

鬼魂是否存在無庸置疑，否則我豈不是否定自己，至於壞人沒有得到報應牽涉比較複雜，除了一般人常說的不是不報只是時機未到外，好人壞人又該如何界定？有些家喻戶曉的大善人，背地裡喪盡天良，被官方通緝、被人唾棄的壞人卻常默默行善，這兩種人的好壞界定是模糊的。有人事業成功後回饋社會，一生裡沒有重大瑕疵，這種人是好人，但從另個角度想，功成名就賺進大筆財富與社會地位，代表有很多人成為他的墊腳石，甚至傾家蕩產，這種是隱藏性的壞人。用任何方式殺害一個人，這種人是壞人，但被殺的真是善良無辜？殺人的真是罪大惡極？法警槍決犯人便是最佳反證。又例如，某甲無故虐殺某乙，某甲在陽間是標標準準的壞人，但某甲於前世可能被某乙用同樣的方式虐殺，這種情形在冥界的角度只是輪迴復仇，甚至今世被殺的某乙可能還要更可惡，所以陽世對好人壞人的界定存在可議空間，因為世人對好人壞人的界定取決於兩點，一是違背與傷害公眾利益或規範，是公眾輿論定下的準則。二是違背與傷害自身利益或規範，是自己定下的準則，這兩種準則都存在主觀盲點，冥界的標準深遠至前世，顯然客觀許多，所以世人眼裡的極惡，在我眼裡可能變成極善。

界定為幻聽後，余興終於卸下疑神疑鬼的焦慮，他深深吸口氣，轉身準備回房，卻整個人剎時愣住，不但臉部肌肉僵硬慘白，頭頂也如被人淋了一盆冰水，寒意瞬間凍住所有感官。

「春芝……！」

儘管形像模糊，他還是可以立刻認出貼在牆壁的是春芝，而且正用哀怨眼神睇著自己，看得他背脊發痲全身汗毛豎立，手腳與牙齒不停哆嗦顫抖，雙眼驚駭得充滿血絲，而且三魂七魄亂成一團，只能反射性地拿東西往牆壁扔，並發出淒厲如野獸的嗥叫。

忽然一陣尖銳音響起，余興瘋狂的舉止剎時停住，並發現牆面根本空無一物，連個黑點也沒有。

「一定是幻覺，世界上沒有鬼。」

藉由自我安慰舒緩情緒後，幾次告訴自己不要嚇得方寸大亂，這是余興唯一能作的反應，但手腳還是無法停止顫抖，心跳依舊狂亂失序，空氣中的恐怖味道並未散去。其實不能怪余興嚇得魂飛魄散，因為絕大部分世人都怕鬼，有人說平日不作虧心事，半夜不怕鬼敲門，問題是每個人從小到大的成長過程裡，難免會犯下許多自己才知道的錯事，這些事會在元神薄弱時、運勢低落時、產生幻覺時、心虛恐懼時強化負面力量，尤其所遇情境與錯事相關時，衝擊力量會更大，所以余興的激烈反應我完全可以理解。

當第二陣尖銳音響起時，余興才意識到有人按門鈴，於是立刻收拾凌亂現場，讓一切乍看沒有異樣，然後走到門前從小孔窺看。

「妳沒有帶鑰匙嗎？」

「我有帶，但是裡面反鎖打不開。」入門後雨湘隨即看到余興的怪異神色，並用眼睛四處搜索。「剛剛是什麼聲音？」

「哪有什麼聲音，聽錯了吧？」

儘管余興極力保持鎮定，心細的雨湘還是看出客廳剛經過一場混亂，加上余興冷汗依舊不停冒出，而且神情僵硬不自然，當下就對繼父起了疑心。

「一大早回來做什麼？」

「不是你叫我回來的嗎？」

看來過度恐懼確實會使人神智錯亂，若非雨湘反問，余興壓根忘記是自己打電話要她回來，所幸他很快就平復心緒，不讓自己再顯露半點異樣神情。

「今天是妳媽百日忌辰，找妳一起去山上祭拜。」

「我知道，本來打算自己去。」

「為什麼要自己去？雖然妳不是我的親生女兒，但爾後我們父女必須相依為命，任何事當然要互相支持同進同出。」

一大套冠冕堂皇理由，一連串溫柔親情說詞，全都在雨湘進門前的推測預期中，所以聽在耳裡沒有特別感動。其實雨湘並沒有對繼父不滿，因為余興不像有些繼父會覬覦繼女年幼，而且處處關愛有加，完全把她當成親生女兒對待，甚至住校第一天，余興親自載她去校門口時，那種依依不捨、惇惇叮嚀的神情著實讓雨湘感動得幾乎掉下眼淚，可惜感動在關上車門的剎那就瞬間消失，因為余興雖然處處展現慈父的愛與關懷，但不知怎麼了，雨湘總覺得繼父有股說不出的怪異，加上耳裡常會響起一個女人的聲音，囑咐她要處處提防余興，雖然莫名聲音讓她非常困擾與恐懼，卻也讓她決定與繼父保持距離。

「妳先坐一下我去弄早餐。」

「我吃過了。」

雖然不到兩秒就回復神色，任何人還是可以輕易看出余興驟變的表情，所以他故意做出忙碌狀掩飾失態，試圖解除雨湘眼中的疑惑。

「我去換件衣服，等等立刻上山。」

看著繼父慌亂步伐，雨湘不禁重新檢視家裡陳設，發現鋼製菸灰缸凹了一角，菸灰灑在牆下，抱枕上沾了菸灰，代表菸灰缸和抱枕都被擲向牆壁。繼父為何會做出此種舉動，還發出使人悚然的叫聲？不祥預感讓她下意識地抓住背包，甚至不敢坐到沙發上。

沒多久余興便換好衣服出來，並進進出出準備祭拜用品，嘴裡還嘀咕著忠孝節義的大道理，雨湘默默聽著沒有任何反應，直到余興表示可以啟程才靜靜跟在後頭。

安置骨灰罈的地方雖然不算偏遠，平常卻也是人煙罕至，畢竟靈骨塔很少蓋在市中心，所以隨著車輪轉動，兩人逐漸離開熱鬧市區。沿途余興一如過往，用慈父口吻詢問雨湘在校種種，有沒有什麼需要幫忙，零用金夠不夠用等等。雨湘除了表示自己已經開始打工，其餘問題全都有一搭沒一搭隨口敷衍，心裡依舊揣摩家裡所見，甚至不時斜眼偷看繼父的舉止，而余興雖然外表不露異狀，腦袋想的卻是另一回事。

「死丫頭戒心那麼重，本來打算在早餐中下藥，看來只能用最後手段。」

幾天來余興盤算著惡毒的計謀，因為壽險金實在沒有辦法應付地下錢莊的手段，金額最多的意外險又卡在警方遲遲不肯結案，還三不五時被傳喚到警局盤問。有什麼好調查？所有步驟不都和前幾次相同，迷昏雲霞和春芝後載到人少的重劃區內，用自製工具將她們架起來，然後加足油門撞斃。說到這個小工具余興就有些自豪，因為站著被車撞倒與躺在地上被車輾法醫很容易就能判斷，所以他自製了小工具，可以將服藥昏迷無法站立的人架起來，等撞斃後再將小工具收起來，將一切布置成天衣無縫的意外，然後等著所有保險金入袋，過去幾次都非常成功，這次沒理由被懷疑和拖延。

「是嗎？保險公司認為我連續喪妻內情不單純。這有什麼好懷疑？有命理老師鐵口斷言說我命中剋妻，而且每任妻子都會死於非命，這是天數，也是我的悲哀，警察先生你能瞭解我的痛苦嗎？哪位大師那麼神準，你也想去給他卜算卜算？唉呦，警察先生，那是小時候我媽帶我去給人算終身，我哪裡記得那麼多？而且命中剋妻已經很倒楣，不要再往傷口挖可以嗎？警方不是最喜歡說凡事都要講證據，指控我請拿出證據可以嗎？」

余興故意表現得很無辜很受傷，認為無人知道他因為嗜賭而欠下龐大債務，第一次因為爭執誤殺雲霞得到大筆保險金後，他食髓知味地布下第二次和第三次，沒想到麗娟的死引起保險公司懷疑，只願意先撥付壽險金，那根本無法解決地下錢莊的強力催討和利滾利的壓力，只好冒險將第四次計劃提前。他心裡默唸，雨湘啊雨湘，不要怪叔叔心狠手辣，實在是人被錢逼急了什麼事都做得出來，何況當初娶妳媽為的就是今天，所以任何不滿請去跟閻王控訴，記得下輩子找個好人家投胎。

打定主意後余興便開始謀定計畫，經過詳細勘查，認為這條路是最佳場所，祭拜也是引誘雨湘同去的最佳理由，為此他還花了幾天時間在這條路上來回觀察，摸清附近農人作息時間和車流大小，以及何處可以從容地執行計謀。

終於來到預定場所，余興慢慢將車子停在路邊，突然停車當然引起雨湘懷疑，她立刻轉頭用強烈口吻質問。

「為什麼停在這裡？」

「雨湘，祭拜妳媽之前我有些話想對妳說。」余興再度擺出慈父的和藹誠懇，用感性語調對雨湘說：「我知道妳一直無法接受我，但是我結婚三次，唯一的小孩也死於意外，妳是我法律上僅存的親人，這對我有多重要妳知道嗎？所以我一直將妳視為己出，只希望有朝一日妳能完全接納我。」

「可以不要在這裡說這件事嗎？」

雨湘早已預知，有一天余興會對自己說這些話，所以她絲毫不覺得感動，甚至認為虛假得噁心，因此厭嫌地望著前方，要余興立刻開車，否則她要自己步行上去，但她沒想到的是，這個反應完全在余興預料之中，不知道自己氣憤地盯著前方時，余興已經偷偷拿出一條手帕，並迅速摀住她的口鼻，而且強烈藥水味立刻讓她暈眩，幾乎無法使力掙扎。

余興面目猙獰地壓住雨湘，將她壓制得無法動彈，這個方法對春芝的兒子已經使用過，所以他知道十秒內雨湘就會失去意識，果然雨湘很快就停止掙扎，身體也開始呈現癱軟狀態，但為了保險起見，他繼續將泡過藥水的手帕摀住口鼻，直到確認雨湘已經重度昏迷才慢慢鬆手。

但當他抬起頭，準備觀察周遭是否有人跡時，整個人卻立刻往後彈，並露出極度恐懼的神色。

「春芝……！」

春芝的臉竟然出現在右車門玻璃上，余興抬頭時正好與那雙恐怖眼睛對望，嚇得他反射性地往後彈，並顫抖地盯著那張哀怨、憤怒又恐怖的臉龐，當下他也明白家裡看到的不是幻影，而是春芝的鬼魂前來糾纏，這讓他馬上由恐懼轉為憤怒，開始對春芝的幽魂大聲咆哮。

「妳死就死幹嘛纏著我，信不信我找法師把妳收了，讓妳永世不得超生！」

陽間法師能否讓鬼魂永世不得超生？對此我必須慎重表示不可能，因為陽間法師縱然有此法術，也會犯下陰律重罪折損陽壽和福德，當他死後法術就會被破解，所以無法讓幽魂永世不得超生，唯一能讓鬼魂永世不得超生的是陰律以及冥王的決斷，陽間任何自稱有此能力者都是詐騙，否則鬼魂若能輕易被施法而不得超生，天地之間豈有公理？

但此時我沒有興趣討論這些問題，而是靜靜坐在後座觀看余興的行為，看他青筋暴露、盛怒不已地對春芝的魂魄咆哮謾罵，然後將泡過藥水的手帕丟向詭異恐怖的臉，這一丟春芝的形象竟然瞬間消失，讓余興緊繃情緒隨之鬆懈，雖然還在用力喘氣，卻慶幸恫嚇起了效果，認為不管人鬼或動物，遭遇強勢威脅時都會退縮。

確認四下無人後，余興隨即從後車廂拿出小工具架好，然後把已經失去意識，全身癱軟的雨湘抱下車，放在工具上使她呈現站立姿態，雖然頭還是向下垂，但那無所謂，重點是不能躺在地上，必須讓法醫和警方認為她來向母親上香，不幸遇到車禍意外，而且肇事者逃逸無蹤。

「叔叔也是被逼得沒有辦法，不過妳放心，我一定會讓妳死得毫無痛苦，毫無知覺。」

反覆確認雨湘不會忽然倒下，余興才安心地走到車邊，並估算應該後退五十公尺或一百公尺，才有足夠馬力將她一次撞死，這點很重要，春芝的兒子就是沒有一次撞死，不得已只好來回輾了兩次，卻因此讓法醫提出質疑，所幸最後查無謀殺實證，因此這次一定不能再失手。

但當他的手還扣在門把時，卻聽到不遠處傳來吵雜聲，轉頭隨即看到一隊機車正從轉彎處出現，轟隆隆的引擎和嬉鬧聲擾亂寧靜山路，也打亂了原本冷漠鎮定的眼睛。余興知道計畫必須暫停，等這隊飆車族經過後才能再進行，而且不能讓他們看到失去意識，全身癱軟，頭垂在胸前的雨湘，否則日後追查一定會變成致命關鍵。

於是他迅速走到雨湘面前，將她的頭放在自己胸膛，讓人看不到她的臉，再用雙手環抱軟綿身體，使人無法在快速經過時看清雨湘身形，只會認為她貼在自己胸口哭泣，自己則努力在安慰悲傷的人。

二十幾輛機車轟隆而來，沿途嬉笑怒罵，余興保持姿勢靜靜等他們通過，並用眼角偷覷那群年輕人囂張放肆的模樣。

「在接吻喔！」

「不是啦！女生在哭啦！」

「把人家弄哭了喔，要不要我們幫忙安慰？」

一如心中盤算推演沒有意外，果然讓人誤認雨湘正在哭泣，余興知道只要繼續保持這種姿勢，等囂張青年走遠後就能照原計畫進行。想到這裡不禁撇起嘴角微笑，佩服自己反應敏捷才能想出這個辦法蒙混過關，一如歷次計畫的突發狀況，總能立刻想到辦法解決。

但就在他開心地露出牙齒時，右耳上方突然傳來一陣劇痛，並立刻感到眼花暈眩，雙腳無力站穩，整個人連同雨湘頃刻癱倒在地上。

機車隊伍在上坡不遠處戛然而止，並紛紛回頭觀看突發狀況，所有人都驚駭莫名，不明白到底發生什麼事，只見余興和雨湘倒在路旁，隊伍最後面那輛機車轉頭對後載的人大聲質問。

「你為什麼敲他？」

「不……不知道，真的不知道，就有個聲音一直要我敲他，我不知不覺就照做，用力往他的頭敲下去。」

手拿球棒的少年一臉驚恐，而且全身顫抖得幾乎無法清楚說話，只能重複且斷續地說，耳中真的有聲音要他經過時朝那人頭部用力敲下去，當自己回復神智時才發現已經照做。

「他死了嗎？要不要過去看看？」

「不……不要，趕快走，快，快走！」

連續兩聲尖銳狂亂的快，一夥人立刻加足油門沒命地狂馳而去，留下余興倒在地上不停抽搐。

飆車族消失後，我緩緩穿越車門走到余興面前，蹲在地上看因痛苦而變形的臉，看不斷冒出血泡的嘴，並稍微側頭看了一下腦袋上那個碗大窟窿，然後從容不迫地取出鉤魂鍊，在他脖子上繞了一圈，一等他斷氣就用力將魂魄給拉了出來，並立刻重銬枷鎖。

「滿意了嗎？」

春芝沒有回答，繼續用憤怒眼神盯著茫然魂魄，我警告她事件已經完成，不要嘗試過來發洩怨恨。

冤死的春芝在閻王殿前淚眼控訴，閻王雖然批准她的請求，讓她回到陽間發洩不滿怨氣，但余興前世福報未盡，不能肆無忌憚復仇，而且余興的死和春芝沒有直接牽連，不能親手奪走他的性命，所以春芝只能回到陽間嚇嚇余興，抒解心裡的憤怒與怨氣，然後在雨湘耳裡和夢中叮嚀她要提防繼父，保護無辜可憐的女孩，侵入少年體內慫恿他經過時舉棒重擊，間接促使少年了結他和余興的前世因果。

勾出余興魂魄後，雨湘還躺在地上昏迷不醒，我知道很快就會有人停車搭救，不久後警方也會宣布偵破連續殺人詐領保險金案件，可惜兇手已被人一棒打死在路旁。

至於余興，他雖然已是幽魂，頭上的窟窿卻依舊在淌血，我知道那些血和痛苦不會停止，包括他的渾渾噩噩都將永無止盡地循環，一如我拖著他走向幽冥路上時，他只能像條頭部重創，又神智不清的狗在地上爬行。

三百年又四十一天

經過幾天思考，我認為該是讓黎巧兒瞭解前因後果的時候，因為就算此時隱瞞，總有一天她也會自己想起，何況天下沒有永遠的祕密。

見面後她的言行舉止更為親暱，儼然視我為夫君，老公在外奮鬥打拼後終於歸家，小別勝新婚之情洋溢在她臉上，只差沒有擺上滿漢全席為我洗塵接風，我沒有抗拒或排斥她的舉動，因為施者可施，受者可以不受，只有雙方認知相同才能達成施與受。

並非黎巧兒不美，或行為令人討厭，相反地她很美而且溫柔，不但有脫俗靈氣，而且心思縝密，任何事都能設想得很周全，否則四百年後乍見怎能觸動我心，尤其她願意為所愛的人付出，在我功不成名不就時一肩扛起家計，每天拋頭露面周旋眾人，為的是讓我專心念書考取功名，那種情誼只有當事人才能感動情有多濃多深，如果不具鬼差身分，肯定會與她再續前緣，可惜三百年前我便已放下男女私情，三百年來又看過了許多男女情感案例，很清楚她此時只是一時情感轉移，或是困頓中的精神依賴，並非真的透徹領悟何謂真情真愛，儘管愛不須要理由和考慮太多，但我知道她此時的愛是脆弱的，很容易分崩離析，加上我的責任並非愛她以及與她續前緣，而是消除她的累世仇恨，避免因失控而遭致利用，所以我必須堅守底線。

黎巧兒很喜歡聽我講述執行勾魂任務時的種種，藉由每個不同案例審視自己，以及思考人性人生，我認為這對她確實有幫助，因為她的視野太小導致執念太深，容易執著在某個點或某件事情上，並因此更主觀地判斷所有事物，導致恨意越來越濃終至無法排解，所以我每次都會講述幾則案例讓她思考。

「每個人都希望與所愛的人幸福美滿過一生，四百年前的我們也是一樣，妳在市集販賣豆花與字畫，好讓我全心全意考取功名，當時的我確實很感謝妳的付出，也對妳有深深愧疚，所以很努力讀書準備考試。」

「為所愛的人付出是一種幸福，我知道當時日子很清苦，但生活卻很快樂。」

聽到我要開始講述過去，黎巧兒轉頭露出期待神色，並請我不要保留，鉅細靡遺讓她瞭解前因後果，我望著那張清秀臉龐與狐狸的眼睛大約一分鐘，思索著該從何說起。

「妳不是大戶人家閨女，從小家境清苦，但立志要成為有聲望有地位的人，當媒婆去提親時，妳知道我是個秀才，二話不說就答應親事，而且婚後扛起家計讓我專心念書考取功名，雖然我們感情確實很好，也曾有過一段不算短的快樂時光，但從另個角度來說，妳對我的付出屬於投資，期待我考取功名後讓妳光耀門楣，甚至踏入官場讓妳擠身上流社會，可惜我一直名落孫山，只能在私塾當名窮教師，賺取微薄束脩，剛開始妳認為我只是考運不佳，不斷鼓勵安慰我，繼續投資我，結果我還是屢試屢敗，幾年後妳厭倦了，責怪我沒出息，開始冷言冷語對待，有段時間我們的關係非常差，差到妳甚至不肯讓我碰，但還是會供應生活所需，只是彼此距離越來越遠，隔閡越來越大，中間隔了一座大山，功名的山。

「那年我又落榜，妳完全爆發失控，開始不肯理我、見我與對話，每天形同陌路，縱然見面也盡是尖酸刻薄言語，生活作息也從早出晚歸，變成早早出晚晚歸，最後甚至徹夜不回，這些我都看在眼裡，但沒有怪妳，因為我沒有辦法給妳榮華富貴，那是一股很深的愧疚，所以當同僚說妳和關少爺往來密切時，我警告他們不可散播謠言，堅持妳不會背叛我，心裡卻很清楚，也如刀割，但不能質問妳，因為妳有追求幸福的權利。那時候甚至想過，只要妳開口，我會放手。

「關少爺是府衙軍師的獨生子，家境富裕，有權有勢，從小被寵逆慣了，認識妳時已有一妻一妾，卻被妳的外貌深深吸引，你們一拍即合，很快就暗通款曲，物質與精神上他給妳很多希望，包括迎妳入門，然後逐漸讓妳掌控家中經濟，前景非常誘人，雖然可能只是妾，怎麼盤算都比我好，唯一要考慮的是如何甩掉我。

「那天關少爺給了妳一包藥粉，並表示事後他爹會打理一切，妳只需要等著入門，當時妳確實曾經猶豫，但擺在眼前的榮華富貴沒有幾個人能抗拒，我知道妳在酒裡下毒，因為妳已經很久沒有對我那麼親切，那麼柔情蜜意，那麼溫柔婉約，讓我想起新婚的那段時光，所以我不假思索地把酒喝光，因為我想將妳最美好的模樣保留在腦裡。可能因為毒性不強，我雖然很快倒地並口吐白沫，卻沒有立刻斷氣，記得當時曾經告訴妳，其實不需要使用手段，只要開口，我願意放妳走。可能是見我倒在地上口吐白沫掙扎，妳心慌意亂不知所措，根本沒聽到我說的話，甚至覺得反正橫豎都是罪，倒不如乾淨俐落事後才好找理由脫罪，於是取來尖刀往我胸口狂刺十二刀，把我的心都刺爛了，也把我的心都刺碎了。」

聽完後黎巧兒已經淚流滿面，不停道歉說愧疚，幾度欲下跪乞求原諒被我攙起，並幫她拭去不斷湧出的淚水。

「沒想到我竟然這麼壞，做出天理不容的事，我對不起你。」

「不怪妳，是我自己沒出息，無法考取功名謀得一官半職，不能給妳無憂無慮的生活，還要妳拋頭露面維持家計。」

「你怨我嗎？」黎巧兒抽搐哽咽，顫著心虛口吻問。

「不怨，我知道很難相信，但當我口吐白沫，甚至被妳戳下十二刀時，腦中迴盪的是不捨，怪自己無法符合妳的期待，給妳安全感和歸屬感，所以妳才會有那些行為，所以真的不怪妳，因為妳確實有權利追求幸福。」

「我相信，所以你能成為官差，我卻必須生生世世輪迴。」黎巧兒幽幽地說著，依舊滿臉哀傷，甚至咬著手指不敢抬頭。

「關少爺沒有違背諾言，事發後動用他爹的關係為妳脫罪，但並沒有迎妳入府，因為妳雖然全身而退，埋下的禍根與罪孽卻永遠無法磨滅，所有人都知道妳做了什麼事，只是被權勢掩蓋，滿城都在議論，與妳說話也冷嘲熱諷，妳並不在意，認為入大宅門後就能揚眉吐氣，偏偏關老爺和夫人下令不准妳入府，這才讓妳的希望完全破滅，並認為自己的付出與犧牲很大，卻得不到相對報酬，開始情緒失控每天爭吵，終致關少爺對妳厭嫌與避不見面，於是妳的恨意快速萌起，恨關少爺始亂終棄與絕情絕意，也恨所有議論與排擠妳的人。

「那天妳請人傳話希望見最後一面，當晚打扮得特別美麗，表現得特別溫柔，關少爺誤認妳已知錯認錯，願意終生匍匐在他腳前，卻沒料到妳用相同手法讓他口吐白沫，差別是妳把我的心刺碎，關少爺則一刀斃命。」

「那次我沒有逃脫罪責，被脫光衣服遊街示眾，並且當眾千刀萬剮。」

黎巧兒接了最後一句，顯示她已完全憶起過往，面容卻哀戚得毫無顏色，甚至魂魄開始動搖，周身恨氣再度轉濃，不同的是此刻恨的是自己。

「關少爺與妳有更前一世的因果，所以妳不須要為此感到愧疚。」

「那你呢？我今後該如何面對你？」

「真的不用顧慮我，因為我早已放下，否則不會來此，而且妳刺我十二刀，也得到十二世的輪迴。」

我故意用輪迴而不說報應，不想讓她陷入更深層的罪咎，可惜效果並不顯著，她依舊陷溺於自責與愧疚中，而且整個身形越來越淡，恨意越來越濃，那讓我吃驚和擔心，因為代表她的元神快速衰弱，隨時都可能魂飛魄散，於是我用所有言詞安慰和鼓勵，包括用手撫摸她的頭髮，滑過她的臉頰，以及握住她的手。

「你還是那麼懂得原諒和體恤別人，相較之下我太可惡了，每次輪迴都改不了愛慕虛榮的本性，我欠你實在太多，縱然輪迴十二世也無法償還。」

「妳和我已經為那段過去付出代價，也承受四百年罪責，不要再說誰欠誰，因為我們誰也沒欠誰，懂嗎？」

「謝謝你的寬宏大量，願意放下我曾經對你做過的事，我真的很感激。」

黎巧兒幽然地說著，神情依舊虛弱，彷彿說話的同時，心已飄到某個廣袤無垠卻一片蒼白的地方。一段時間後，她才低著頭，用右手緊掐住左手，小聲說：

「你走吧，我想靜一靜，獨自安靜的想想。」

雖然很不放心，但此時黎巧兒確實需要時間沈澱，所以叮囑幾句不要內咎自責，應該捨棄當下放眼未來之類的話後我便起身離開。她沒有送我到門口，依舊低著頭凝視雙手，神情異常陰鬱，彷彿失去魂魄的魍魎，也在離開的瞬間，我看到她的額頭隱隱浮現一塊印記，像火焰，又像鐮刀。

三百年又四十二天

天堂一天等於陽間七年，冥界一天等於陽間三年，所以當我離開黎巧兒的元神宮匆忙趕去找張和時，陽間已是隔天。

「不好！」聽完我的描述後，張和立刻驚訝地呼了出來，並且神色凝重的追問：「你知道那是什麼標記嗎？」

我搖頭，表示從未見過，更別說知道代表什麼意義，沒想到張和竟不安地來回踱步，許久才停下腳步用嚴厲神情看著我。

「那是毗羅王的注印，代表黎巧兒的靈體已被入侵，她的恨意那麼重，執念那麼強，完全符合毗羅王的攝魂條件。」

這一驚非同小可，我幾乎從椅子彈跳起來，直問該如何處理，張和卻只是搖頭，說被標記的鬼魂很難逃脫，不是被攝取魂魄，就是蠱惑鬼魂奔向冥羅空界。

「總不能眼睜睜看她永世不得超生。」

「沒辦法，至少就我所知，一旦被鎖定幾乎無法逃脫魂飛魄散的命運。」

「不可能，天地萬物有法必有破，一定有什麼方法可以化解。」

儘管我提出亙古不變的法則，張和還是直搖頭。

「難怪冥王不讓她在各小地獄承受罪責或轉世，原來這才是黎巧兒命中注定的因果。」

我當然無法認同，甚至失控地嚷嚷肯定有辦法扭轉，意外的是張和並沒有因為我的失控而生氣，反而冷俊地直視我的雙眼。

「你動情了，完了，連你也動了凡心！」

「我……沒有……。」我呆騃愣住，感到背脊一陣涼意，絲毫沒有能力反駁，只能心虛地望著張和。

「你有，從要我幫忙查黎巧兒資料時便已動了凡心。」張和堅定的說。

一直認為自己已經超脫男女私情，也盡量和黎巧兒保持距離，沒想到瀕臨重大事件時還是不經意顯露出隱藏的性情，不管人或鬼，都無法掩飾渴望愛情的本性。

「我確定沒有動凡心，會心急只是不忍見死不救，所以不要再把想法加諸在我身上，甚至強逼我承認，不過我知道誰可以救黎巧兒，也只有祂有此能力。」

張和問所謂的祂是誰，我沒有回答，只想盡快去尋找，但就在跨出門檻時，生死簿居然浮現任務，並立刻讓我在執行任務與解救黎巧兒之間躑躅，那是非常強烈且極端的拉扯，因為若以黎巧兒為重，選擇不執行任務的後果我幾乎可以預見，除了會失去勾魂使者的身分，還必須承受各種冥律罪責，甚至可能因為再動凡心而墜入無止盡的輪迴，但黎巧兒已被毗羅王入侵靈體，不立即設法營救可能會成為毗羅王的禁臠，並生生世世永不得超生，所以我陷於四百年來最大的掙扎，佇在門前不知該往左還是往右。

沒多久，腦中莫名意念越來越強，並驅使我的腳慢慢朝左方跨出，而且想法越來越強烈，一陣一陣，一潮一潮，隱隱約約讓我明白，在這緊要關頭浮現任務絕非偶然，而是冥冥中有股力量，迫使我此時不得插手黎巧兒的事情。

三百年又四十三天

「這條你覺得怎樣？」

「太花俏了。」

「左邊第三條呢？」

「太細了。」

銀樓老闆很有耐心地講解，並一一拿出來讓曾美琪與張茂寬試戴，雖然體重將近一百公斤，偎在張茂寬身邊依舊像個小女人，完全展現以夫為尊的嬌柔，老闆也附和地說結婚是人生大事，兩位身材都比較壯碩，確實不適合太細款式，否則無法凸顯項鍊的價值，聽得倆人頻頻點頭，款式也一條換過一條。

朱俊麟從小到大的生活像直通車，沒有岔路，不會出現預期外的停留，畢業後順利進入知名科技公司，雖然必須輪班工作，習慣後還算規律，況且優渥薪資著實令許多人羨慕，唯一缺點是生活圈太過狹隘，養成內向木訥性格，三十幾歲了連個女朋友也沒有，下班後只能窩在電腦前尋找慰藉。

世人總以為，人生最悲哀莫過於傷心難過時無人可傾吐，其實快樂高興時只能茫然，四顧無人分享同樣悲哀，所以我能理解朱俊麟為何每天都要熬到精疲力竭才肯上床，因為他從小到大都只能和自己分享情緒，孤單寂寞因此成了扼殺自己的大斧，難怪他急著想找條件不會太差，話語能投機，能關心體諒自己的伴，不想讓寂寞孤單悶死餘生，可惜感情必須講緣分，月老的紅線如果沒有牽連，縱然每天四目相視也不會激起漣漪，所以他一有空就坐在電腦前，希望遇到能互相觸動心弦的人。

兩個多月前的某晚，朱俊麟雙眼已然朦朧，正想關機睡覺時，聊天室的密語框突然躍了出來。

「哥哥還在嗎？可以聊聊嗎？」

「在，還沒睡。」

望一眼對話框上的暱稱，小薇，真美的名字，雖然網路世界真假難辨，但朱俊麟直覺認為本人應該不會相去太遠，想到這裡精神不禁抖擻起來，睡意也消了大半。

一如所有聊天室，初期內容千篇一律，盡說些無關緊要的瑣事，以及藉故互相探詢對方的種種，包括身高體重年齡、在哪裡上班、有什麼嗜好、有沒有養寵物、喜歡什麼音樂、喜歡什麼類型的電影，甚至明知對方會說因為沒有伴，還是會問怎麼這麼晚了還不肯下線，對話內容了無新意，一如自己平坦直順的人生，但小薇給朱俊麟不同感受，宛如春風般柔軟，而且字字句句關懷他壓力大又忙碌的工作。

「哥哥要小心身體，不然薇會心疼。」

光是這一句就讓朱俊麟頭皮發痲，感覺骨頭酥鬆得幾乎要癱軟，因為三十幾年來第一次有女生心疼自己，而且語調彷彿附在耳邊吹氣般令人哆嗦，所以那天他們聊到窗外露出灰白依舊難分難捨。

「哥先睡一下再去上班，不然薇會擔心。」

「好，聽妳的，我去瞇一下。」

「薇會乖乖等哥下班。」

「好，我一下班就上來找妳。」

「掰掰，薇會想你。」

朱俊麟躺在床上睡意全無，不管睜眼閉眼都是薇會想你，薇會心疼你，好不容易熬到窗外大亮，鬧鐘盡職地尖聲大叫，他才匆匆忙忙換衣出門。

一下班立刻迫不及待地打開電腦，連上聊天室，果然看到小薇的名字掛在上頭，正準備問候時，密語框就跳了出來。

「哥下班啦！薇好想你。」

「嗯，剛下班，還沒吃飯洗澡。」

「不行唷！哥先去吃飯洗澡，不然薇會生氣。」

朱俊麟彷彿看到小薇嘟嘴的模樣，心頭也立即塞滿甜意，為了不惹佳人生氣，他立刻仰起頭把便當裡的飯菜倒進喉嚨，再用生平最快速度完成盥洗，打理好一切後迅速坐回電腦前，開始互述今日種種。

「薇整天都在想哥，哥有想薇嗎？」

「想，當然想。」

這是戀愛嗎？戀愛是這種滋味嗎？朱俊麟覺得四周籠著有香味的薄霧，百花野草努力綻放，鳥兒佇在樹梢啼著輕妙樂章，世界充滿詩意，人生如夢幻仙境，雖然認識不到二十四小時，卻已如癡如醉，宛如飲了陳年老酒，全身毛細孔都醉得醺醺然。

除了上班時間，倆人無時無刻不在電腦前互述款曲，傾吐寂寞與相思，聊彼此家世背景與成長歷程，感情也因瞭解而更深濃，所以幾天後他們便不再互稱薇和哥，改用更親密的公與婆。

「可以跟妳要照片嗎？」

「公要看當然可以，但是看了以後不可以嫌棄婆。」

原本以為會遭到拒絕或藉故推辭，畢竟認識不到一星期，如此要求確實容易嚇到對方，但朱俊麟實在不想再憑想像勾勒小薇的模樣，雖然曾經作出決定，不管小薇外貌如何都會坦然接受，因為他要的是心靈上的契合，能瞭解與關懷自己的人，沒想到小薇竟然爽快答應，並立刻傳來照片檔，打開的剎那確實有些緊張，但當容貌出現時，所有忐忑心緒立刻掃光。

新聞媒體常報導，很多女生利用明星或網路美女照片詐財，朱俊麟也擔心自己成為肥羊，畢竟感情進展太快，而且順利得讓人覺得在作夢，所以除了擔心小薇外貌和想像差太多，更擔心太過美麗反而是場騙局，所幸憂慮很快就消失，因為照片上的小薇雖然稱不上絕世美女，也不是特意仰角四十五度並嘟嘴拍照，而是單純站在花叢旁的女孩，五官端正清秀沒有過多俗氣，眼睛不算大也不算小，透著單純光澤，雙唇飽滿紅潤，身材雖不算玲瓏有致，倒也比例勻稱，整體而言屬於平凡鄰家女孩模樣，這讓朱俊麟頗為安心，因為沒有人會用這種照片詐財。

「公都愣住了，婆很醜嗎？」

「沒有，跟我想像的差不多，告訴妳一件事不可以生氣。」

「什麼事？婆不會生氣。」

「本來以為自己會看到一張絕世美女照片，那會讓我嚇到，因為太多網路詐騙都是利用……。」

「公怎麼可以懷疑，婆是很認真的。」

「妳答應過不生氣。」

「那現在還認為婆是詐騙集團嗎？」

「當然不會，因為沒有詐騙集團會用這種照片。」

「意思是說婆很醜？」

「不不，妳很美，而且美得讓人很放心。」

「算公會說話，為了懲罰你，公也要傳照片給婆。」

朱俊麟二話不說，立刻上傳應徵時的大頭照，雖然自認並非騎白馬或騎黑馬的類型，但對外貌還算有點信心，所以另傳了一張生活照，藉以證明自己並無造假作弄。

「公好帥，而且看起來忠厚老實，婆喜歡。」

這句話再度讓朱俊麟心迷神移，幸福得宛如墜入五里雲霧，也更放心地付出情感，希望分分秒秒都能倘佯其中，享受屬於倆人的纏綿時光，最重要的是，小薇沒有用任何藉口提到錢財事項，並多次表示自己有穩定工作，生活單純無虞，所以薪水夠用不缺，甚至認識一個多月後，小薇還會主動郵寄小禮物，讓朱俊麟所有心防疑慮全部卸下，而且心花怒放地回寄心意。

「下次不要寄那麼貴重的禮物，婆雖然很開心，但公應該存起來當成購屋和結婚經費。」

朱俊麟薪資較為優渥，回寄的禮物自然較為貴重，包括金戒指等等，甚至小薇生日時還特地網購九十九朵玫瑰討她歡心和表達心意，每次小薇都叮囑不要浪費，應該存起來當成退休基金，讓朱俊麟覺得小薇是位懂得勤儉持家的好女孩。

一個多月確實不算長，但扣除工作睡覺，整天膩在一起說體己知心話，那就不能算短，因為現代人生活忙碌，縱然夫妻也可能整天說不到幾句話，但這種交流溝通方式，一天所說的話、所掏出的情感與祕密，可能比尋常夫妻一年還多，所以就這個角度而言，一個多月的心靈交流確實不能算短，而且會讓對話變得比相思更相思，比親暱更親暱，例如說些想抱妳、想吻妳、想牽著妳手散步、想摸妳的背、想撫觸妳的臉、想攬著妳睡覺之類，每次小薇都會嬌嗔地說朱俊麟越來越壞，卻從來沒有禁止，有時甚至會不經意透露慾望。

「公，怎麼辦？婆現在好想……。」

「想什麼？」

「就那個啊！」

「那個？」

「不可以笑婆。」

「不笑，保證不笑。」

「婆好想抱公，親公的唇，撫摸公結實的胸膛，想全身赤裸地躺在公身邊，這樣很變態嗎？但是婆真的好想，想到都坐不住了。」

這句挑逗程度破表的話，立刻讓朱俊麟的費洛蒙差點從鼻孔噴出來，全身可以僵硬的地方全都堅如磐石，甚至忍不住要鬆開褲頭。

「怎麼會變態，我也好想抱妳，吻妳全身。」

「那要怎麼辦？」

「我們……見面好嗎？」

原本擔心要求太大膽與突兀，但朱俊麟卻沒有忐忑太久，因為對話框立刻出現小薇答應的訊息，並表示倆人瞭解已經非常透澈，是該面對面的時候。

「但是婆在高雄，這樣方便嗎？」

「那有什麼難，我搭高鐵下去就好，妳等等，我立刻訂車票。」

訂了週六早上車票後，話題便圍繞在兩天假期該去哪玩，小薇保證會盡地主之誼讓朱俊麟盡興，讓第一次見面成為倆人今生最美的記憶，但不知怎麼了，話題很快就回到生理需求。

「婆會找藉口騙過家人，那天晚上才能睡在公身邊，但是婆沒有經驗，所以公一定要很溫柔。」

「我答應妳，一定會很溫柔愛護妳。」

「公也要保證，不可以讓婆懷孕，因為現在還不是時候。」

「那當然，我會做足萬全準備。」

知道倆人都沒有經驗，朱俊麟不禁飄飄然，開始幻想當晚會如何浪漫美麗，並決定上網查詢如何讓女孩的第一次成為美好回憶，甚至考慮研究幾部色情影片，屆時才不會笨拙地令雙方大失所望。

爾後就像那晚，有了開頭就沒完沒了，話題一直離不開當晚會如何美好，如何溫存纏綿，自己現在又如何期待，最後決定見面後先去旅館解相思之苦。

「有件事婆要先聲明。」

「妳說。」

「最近幾個月婆胖了一點，跟照片有點不一樣，公會嫌棄嗎？」

「當然不會，我喜歡的是妳善良溫柔的心，不管外貌怎樣都不會嫌棄，否則怎能在一起一輩子？」

「公真好，愛你！」

那晚朱俊麟整夜無法入眠，期待的情緒讓他興奮不已，整夜規劃如何經營美好假期，也決定買禮物當見面禮，甚至是定情物，彼此的第一次，必須能讓倆人年老時可以溫馨地細數過往，所以光是想這些問題，朱俊麟就激動得像隻發情鬥雞。

好不容易終於熬到週六，朱俊麟坐在南下的高鐵車上，心情既期待又興奮，手心不斷冒汗，還三不五時撫摸背包裡的禮物，那是他精心挑選的金項鍊，價值不菲，但相信戴在小薇脖子上更能凸顯意義，他甚至幻想，見面後倆人會直奔旅館，在旅館裡瘋狂擁吻，然後親手為她配戴，小薇又會如何感謝自己的情意。

科技最偉大的成就是提升人類移動速度，所以朱俊麟沒有幻想太久，一個多小時後就到達終點站，他懷著忐忑心情下車，步過月臺，走出車站，緊張地在站前騎樓四處張望，腦中反覆浮現小薇照片，希望能在熙來攘往中找到伊人，但是等了幾分鐘卻看不到相似面孔，使他開始懷疑小薇是否記錯時間，或路上發生什麼意外，心情也由忐忑逐漸轉為不安。

「應該打電話問她是否被耽擱。」

打定主意後，朱俊麟隨即掏出手機，準備告訴小薇自己的位置，並要她慢慢來不必急，但也在此同時，突然看到一位身材壯碩，粗估約有一百公斤，動起來全身油脂都會晃來晃去的女人朝自己走來，原本朱俊麟不以為意，仔細觀看那張臉孔後立刻倒吸一口氣，驚訝得手機和下巴差點掉在地上。

「公，是你嗎？」

過去兩個多月來，這個公字隱含無比甜蜜和溫馨，代表的是小鳥依人般柔軟，此時卻讓朱俊麟感到胃潰瘍驟然發作，酸勁湧到喉嚨又必須硬生生吞回去，然後張著嘴盯著面前的小薇，試圖從中找到半絲半縷半分鐘前的印象，但他還是失敗了，敗得一句話也說不出口，只能像個失智老人般不知所措。

「我就知道你會嫌棄，沒關係，又不是第一次看到這種眼神，男人都是這樣，我已經習慣了，你可以立刻轉身離開，我會當作什麼事都沒發生。」

這句話宛如大槌重擊腦門，朱俊麟整個人因此驚醒，他想起曾經說過不管小薇外貌如何改變都不會嫌棄，雖然相差的六十公斤足足是自己的體重，雖然臉龐上只能稱為肌肉不能叫做皮膚，雖然手臂比自己的大腿粗，雖然大腿比自己的腰粗，雖然她完完全全可以將自己包裹得不通風，但自己的確說過那樣的話，許過那樣的諾言。

大約三分鐘，或者更久，朱俊麟才將掉在地上的下巴撿起來，然後用力嚥下口水，靜靜睇著面前的雙眸。凝盯一會後，終於從波光中瞅見模糊印象，那關心體貼，懂自己心疼自己，數不清多少次用情話纏綿到天亮，記不得說過多少次要珍惜彼此的話語，所有的好與一起勾勒的願景，逐漸在那張委屈受傷的臉龐，即將掉下水珠的眼睛裡蕩漾。

是的，自己不該如此失態，雖然要想辦法說服家人小薇的美不在外表，儘管要費點心思向朋友解釋什麼叫做溫柔，甚至要努力習慣大自己一倍的軀體躺在身邊，自己怎樣都不該如此以貌取人，何況一開始喜歡的是她的溫柔性情，此時怎能如此倉皇失態，或許實際交往一段時間後，會發現她的身材是世界獨一無二的美。

「我發誓，沒有嫌棄妳，只是……差異太大，需要一點時間適應。」

信心的激發或打擊，通常只需短短一句話，儘管略嫌吞吐，小薇卻因此綻開見面後的第一抹笑容，也讓朱俊麟發現，那張臉龐裡不僅僅只是肌肉，還有淡淡的嬌羞，一如昨夜叮嚀路上小心的溫柔，所以他用力吸入一口氣，決定從此刻起，要用新的角度和方法看待小薇。

「那……現在要去哪裡？」

「我們都計劃好了不是嗎？照計畫玩兩天。」

「你真好。」

計畫第一步是先找間旅館解相思之苦，朱俊麟雖然沒有後悔，但期待之情確實蕩然無存，而且被小薇挽住手臂時，他的舉止依舊顯得僵硬。

在小薇帶領下，倆人就近找了間旅館，進房後沒有預期中的立刻瘋狂擁吻，互相熱烈傾吐相思激情，反而生疏得有點尷尬，和和氣氣，相敬如賓，雖然朱俊麟努力說服自己用新的角度看待小薇，但終究無法激起衝動，準備擁吻後親手配戴項鍊的計畫也暫停，只能無措地坐在沙發看同樣不安的小薇。

「要先洗個澡嗎？」

許久後朱俊麟終於打破沉默，但並非胡亂建議，而是上網查過男女進房後應該先洗澡，可以增加情誼，也是禮貌，而眼下又不知如何進展，所以洗澡成了最佳開頭。

「好，但是人家沒有和男生一起洗過澡，所以你洗完我再洗好嗎？」

「我瞭解，那我先去洗。」

在浴室時，朱俊麟沒有加快或拖延，而是依照平常行為盥洗，但腦裡不免動盪許多想法，從洗頭想到洗腳，從洗腳想到洗頭，始終無法作出抉擇，最後決定隨遇而安，因為倆人既然已經進入旅館，總不能在最後時刻給女生沉重打擊。

或許是想得失神，或許是習慣使然，朱俊麟只穿一條內褲就走出浴室，所以乍見小薇時有些尷尬，並急切地表示在家習慣如此，一時間忘記浴室外還有別人。小薇嫣然微笑沒有責怪的意思，他才發現小薇已經脫光衣服，身上只圍一條大浴巾，手臂和大腿因此看起來更為粗壯，值得慶幸的是，脫光衣服後的身材並不癡肥，沒有油膩膩的感覺，而是比較接近結實壯碩，也因此成了說服自己接受的第一個理由。

「我知道你習慣喝咖啡，所以幫你泡了一杯，你一邊喝咖啡一邊看電視，我很快就可以洗好。」

說完後小薇帶著略微嬌羞的表情走進浴室，朱俊麟謝過後逕自坐到床上，然後打開電視隨意轉台，再慢慢啜飲咖啡，滋潤早已乾澀難言的喉嚨，讓思緒處於安定狀態後，重新分析小薇的種種，例如她的外表雖然並非絕美，見面後的表現卻十分矜持，說話語調柔軟，顯示內心保守又善良，未曾和男生洗過澡，加上碩大身軀，所以很可能還是處女，這讓朱俊麟不禁自嘲，至少自己很可能是她第一個男人，所以等一下小薇走出浴室後，是否應該拋棄視覺上的成見與障礙，肆無忌憚地發洩積壓兩個多月的慾望，發洩後是謝謝再聯絡還是繼續進展？但謝謝再聯絡似乎太絕情，因為目前為止除了外貌，小薇並無任何地方可讓自己挑剔，而且倆人如果真有這份情緣，小薇的純潔與善良，未嘗不是最佳對象，何況自己都已經只穿一條內褲躺在床上，小薇也只圍一條大浴巾，倘若個性也如兩個多月來的溫柔甜美，還有什麼理由拒絕？

想著想著，朱俊麟決定先拋開視覺成見與心理障礙，一等小薇走出浴室就按照原先設想，用溫柔方式展開倆人的第一次，甚至盡情且狂野地留下記憶，所以他開始斟酌如何進行，思考該在她走出浴室時就迎上去擁吻，還是等她躺在身邊後再慢慢褪下浴巾，幾番思考，決定先在床上聊天製造情境，畢竟這是倆人的第一次。

打定主意後，朱俊麟順手拿起背包裡的項鍊盒，準備製造情境後親手為小薇戴上，然後躺回床上盯著浴室門，卻發現自己的視線越來越模糊，神智也越來越空茫，彷彿喝了兩瓶烈酒般全身軟弱無力，而且有強烈睡意，最後竟然忍不住閉上眼睛昏昏睡去。

案例到此未完，而且為了詳實記載，我必須把時間拉回開始的時候。

兩個多月前，本名曾美琪的小薇努力在網路聊天室物色對象，沒多久就鎖定看起來很單純的朱俊麟。

「你不要一直插嘴，我知道怎麼做。」

雖然同居已經三年，對於張茂寬喜歡插嘴曾美琪還是頗感不耐。兩人體型都相當壯碩，而且同樣不耐操勞又好高騖遠，所以三年來從沒找過正當職業，一直憑藉壯碩身材行搶，但不可能每天都有機會掠奪財物，因此總是有一餐沒一餐，連房租都付不出來，偶然看到新聞報導有人利用網路聊天室詐財，發現若能計劃得宜確實是條財路，於是開始了他們稱為「美人計」的計謀。

為了避開侵權與惡意詐騙刑責，所以曾美琪不用他人照片，也就是說，曾美琪並沒有欺騙朱俊麟，那張照片的確是她本人，只不過是幾年前未發胖的模樣，前後相差六十公斤左右而已。他們也瞭解人們已對網路詐財有戒心，所以交往過程從不提及錢財，認為如此才能放長線釣大魚。

每次曾美琪與獵物聊天時，張茂寬都在一旁觀看，再以男人的立場提出見解，告訴曾美琪應該如何應對，如何溫柔，如何發嬌使嗔，何時可以叫公稱婆，怎樣把對方搔得心癢難耐，何時主動郵寄小禮物換來高貴回禮，張茂寬的男人角度果然屢試不爽，讓曾美琪緊緊抓住好幾顆心。

進展到相約見面是主軸，因為看到曾美琪外貌後的反應，以及爾後如何應對是能否成功的關鍵，這方面他們也仔細推演，包括怎樣在車站前擺出悲情，對方坦然接受時如何欣喜若狂，掉頭走人時怎樣挽救，進房後應該表現幾分靦腆尷尬，純潔處女的嬌羞模樣應該何時使用，但重點是不管如何都必須讓對方先洗澡，才能在對方走出浴室時，看到曾美琪脫光衣服圍著浴巾降低心防，然後毫無戒備地喝下放有迷幻藥的飲料，等藥效發作後，曾美琪再出來將財物搜刮一空，再趁藥效尚未消失前刷爆對方的信用卡，所以一切都是精心推演後的策劃。

選擇盜刷黃金也是經過斟酌，因為黃金有公定牌價，可以避掉錢莊的高額手續費，而且購買後可以立刻轉到另一家賣出。當然，盜刷信用卡沒有那麼簡單，但每個人生在世上都有其價值與所能，張茂寬雖然無一是處，筆跡模仿卻是一流，幾乎只要臨摹三五次就能逼真難辨，所以每次都能順利得逞，這次自然也不例外。

「這四條好嗎？」

曾美琪偷偷告訴張茂寬，朱俊麟在科技業工作，是所謂的科技新貴，信用卡額度應該不會太低。張茂寬認同她的推測，因此大膽挑了四條粗項鍊，果然老闆一刷即過，讓他後悔應該再大膽一點；但念頭一轉，連同要送給曾美琪的項鍊和皮包裡搜刮的現金，全部算一算著實不少，頂多等下換家銀樓再刷一次，把朱俊麟吃乾抹盡。

簽完名後，老闆和張茂寬都露出滿意笑容，曾美琪則是顯露出精明幹練的神色，絲毫沒有網路上與旅館裡的小女人模樣，因為她正度量如何將全部所得放入口袋，才不會讓張茂寬拿去賭場揮霍以及買毒品，雖然她的毒癮也不小，但犧牲色相和時間的是自己，說什麼也不能讓張茂寬太優渥。

走出銀樓後，倆人隨即跨上機車朝下一家銀樓而去，坐在張茂寬身後的曾美琪腦裡想的是如何將所得占為己有，對於朱俊麟絲毫沒有罪惡感，甚至朱俊麟最後是生是死，藥會不會下太重，朱俊麟醒來後會如何震驚，如何後悔，曾美琪壓根不會去想，腦裡只想著怎樣霸占全部所得。張茂寬同樣也是心機算盡，因為他認為主意是自己想到和精心策劃，抓住男人心理也是他的功勞，所以自己應該得到較多報酬，導致兩個偌大身軀雖然擠在小機車上，卻各自盤算如何得到最大利益。

經過幾個路口後，看到有名婦人肩著皮包走在路旁，曾美琪的慾望竟無端湧起，胸口鼓動著飛車搶劫的刺激感，而且強烈到心癢難忍。曾美琪的反應是否鬼迷心竅，或冥冥中自有安排我不想置評，因為人心本來就很玄奇，過去經歷很容易在相同情境裡潮騷再起，所以乍起的念頭只是人心使然。

曾美琪指著前方婦人示意，原本張茂寬認為今日收入已豐不需要再冒險，但看到婦人毫無防備地將皮包掛在肩上，認為順手搶搶也無妨，沒理由讓大好機會從指間溜走，於是向曾美琪點頭，暗示依照過去模式行事，然後放慢速度靠近婦人，等曾美琪得手後立刻加足油門脫逃。

過去搶劫成功至少二十次以上，倆人也培養出良好默契，所以當車子靠近婦人時，曾美琪立刻猝不及防地伸手扯皮包，原本以為婦人會先驚慌呆滯，嚇得不知所措，任憑倆人得手後逃之夭夭，沒想到婦人竟然強力抵抗，而且由於婦人身形也相當壯碩，加上動物遭遇危險時的自然反應，機車竟然被拖住，並慣性地失控搖晃。

憑心而論，這種情況只要曾美琪放手便可脫離，然後到第二家銀樓換取現金，但曾美琪卻有如財迷心竅般失去理智，不由自主且奮力拉扯皮包，導致機車搖晃得更為厲害，甚至在婦人用力衝撞下，機車瞬間失去重心朝快車道傾倒，曾美琪和張茂寬也因此撲倒在快車道上，導致形勢出現一百八十度變化，因為就在倆人撲倒時，一輛大貨車疾駛而來，前輪硬生生從倆人身上輾過，兩具身體立刻捲入車底，並在前後輪間滾了好幾圈，貨車司機驚覺有異，戛然煞車時已經來不及，我也在他腳踩煞車時拋出鉤魂鍊，迅速套在兩具已然變形的身體上，等他們嘴巴湧出第四口血時，再略施薄力將兩縷魂魄給拉了出來。

「我們不應該太貪心。」

茫然愚騃半嚮後，張茂寬說出看到我後的第一句話，而且全身顫抖，我面無表情地凝睇兩縷幽魂，擲出枷鎖銬上，他們驚恐得幾乎要魂飛魄散，卻怎樣也無法逃脫。

幾分鐘後，他們終於放棄掙扎，改用悲戚眼神乞求，我自然不會給予任何憐憫，更遑論網開一面，因為那兩張悽悵臉孔讓我想起仍在旅館昏迷的朱俊麟，以及仍對曾美琪抱著美麗幻想的其他男人，那讓我覺得非常噁心而且憤怒，所以我故意施法讓枷鎖快速緊縮，讓他們承受更大痛苦。

拖著他們走在幽冥道時，曾美琪雖然已經接受死亡與懲罰的事實，卻仍頻頻回首，彷彿眷戀生前種種，我沒有興趣知道她為何回顧，更懶得瞭解她在想些什麼，但在黝暗死寂的幽冥路上，還是清楚聽到那句輕若微風的話。

「公，你是好人，婆對不起你……。」

這是曾美琪唯一說出口的話，也算是死後的良心發現，可惜為時已晚，也辜負了一片真心。

嗡嗡聲擾得好蓁不能安眠，其實讓她無法成眠的原因不是蚊子，而是滿腹的委屈與無奈。

婚後倆人開了家服飾店，由於嘉丞頭腦靈敏，懂得順應潮流，常跑日韓挑選時下青年喜歡的款式，所以業績非常好，每天總能門庭若市，但事業忙碌往往和夫妻情感成反比，好蓁覺得丈夫已經不像過去那般體貼，除了常對自己大呼小叫，有時也會顯露厭嫌神色，那讓好蓁非常驚恐，因為丈夫是她今生唯一，她無法想像失去丈夫後自己的人生會如何，所以總是低聲下氣配合種種要求，可惜委曲求全並沒有換來同等對待，嘉丞非但沒有改變態度，還變本加厲嫌她礙手礙腳什麼都做不好，迫於無奈好蓁只好離開店面專心在家打理，少了好蓁幫忙看顧，嘉丞名正言順聘請會計和店員，使得好蓁的失落感更重。

「後天要去韓國補貨，大概一個星期回來。」

嘉丞只穿一條內褲從浴室走出來，站在好蓁背後，對著鏡子摸摸自己的下巴和臉頰，還檢視了身上肌肉，好蓁坐在梳妝臺前擦保養品，看到鏡中舉動不禁感到心酸，因為丈夫不僅態度改變，甚至已經幾個月沒碰過自己，所以那些自戀式的舉動讓她感到既悲哀又諷刺。

果然嘉丞自戀一陣後便鑽入被窩，完全沒將特意穿了性感睡衣的妤蓁看在眼裡。是的，妤蓁不但特地穿了件開叉到胸口的紫色蕾絲睡衣，而且裡面只有一件性感丁字褲，豐滿的胸部若隱若現，完全展現依舊曼妙的身材，她希望能藉此挑起丈夫的慾望，重新找回過去黏膩衝動的情感，可惜嘉丞完全視若無睹，這讓妤蓁難過得幾乎掉下眼淚，並開始懷疑自己是否真的已經變成黃臉婆，不管如何裝扮都引不起丈夫興趣。

夫妻或情侶間的床笫性事重不重要？這一直是東方人羞於啟齒討論的話題。不可否認，我已經四百年不知個中滋味，甚至已經忘記床笫上纏綿悱惻，倆人融為一體的情感，但我依舊記得，排除身體功能障礙，床上性事次數多寡是夫妻或情侶感情的溫度計，道理很簡單，倘若兩人相視如仇，怎會時常擁抱歡愉，只有情感濃郁的人才會疼惜與眷戀那份纏綿；除此之外，性事也是個性與生活間的最佳潤滑劑，可以化解很多情緒上的爭執，所以我知道妤蓁並非慾求不滿而哀怨，而是疏離使她感到恐慌。

「這次會帶萱萱一起去。」

「為什麼帶她去？」妤蓁原本要上床，聽到這句話不禁愣在床邊。

「這次要進少女服飾，帶她去可以用女生觀點挑選，怎麼，難道妳不信任我？」嘉丞閉著眼睛，神情一副理所當然。

「我也可以提供女生觀點，為什麼不找我去？」

「妳懂什麼？妳已經和社會脫節太久，根本不知道現在得女生喜歡什麼，何況我們兩個一起出國，小孩和爸媽怎麼辦？別說傻話了，丈夫為事業打拼，妳應該全力支持才對不是嗎？」

是傻話嗎？好蓁難過得忍住眼淚，尤其那句「妳懂什麼？妳已經和社會脫節」猶如一把尖刀直刺胸口，但她還是咬著下唇將情緒吞回肚裡，然後像蛇一樣滑到丈夫身邊，用腳纏著他，用手撫摸他的身體，再用柔軟氣音在耳邊廝磨。

「讓我去嘛！我們已經很久沒有一起出國旅遊，正好可以趁這個機會重溫舊夢，小孩可以請爸媽看顧幾天，我保證絕對不會耽誤，好嗎？」

「下次，下次再帶妳去，我累了，晚安。」

下次是敷衍，而且是永遠的下次，好蓁非常清楚丈夫的個性，但更讓她難過的是嘉丞用力甩開她的手，撥開她的腿，粗暴的舉動嚴重打擊她的心，眼眶因此濕潤起來，她不明白丈夫為何如此厭嫌自己，難道男人成功後第一道想拋棄的就是糟糠妻？第一個厭嫌的是曾經愛不釋手的身體？

那晚好蓁整夜無法入眠，裹著棉被流淚到天明，丈夫的冷漠猶如今晚的飛蚊聲，嗡嗡地纏在心頭不去。

一個星期後嘉丞回來，沒有意外驚喜，沒有小別勝新婚的歡愉，嘉丞依舊每天早出晚歸，洗完澡倒頭就睡，好蓁同樣獨守空閨，屢屢被拒絕。

「怎麼有閒情雅致坐在這裡？」

送小孩上學後，好蓁一時興起，走進星巴克點了一杯咖啡，然後坐在窗邊盯著往來人群發呆，沒發現筱靜不知何時已走到桌邊。

「剛送小孩上學，偷閒坐一下。」

「我也是啊！女人一結婚就沒有自己的時間，真不公平。」

筱靜嘟著嘴坐下，按開杯口啜了一口，再將小蛋糕遞到好蓁面前，好蓁搖搖頭。

「妳老公是公務員，生活作息規律，對妳又好，妳還有什麼好抱怨？」

「家家有本難念的經，這個道理妳又不是不懂。」

外人眼中的自己不也是如此？每個人都認為她和嘉丞伉儷情深，共同為事業努力後，家庭事業都成功，是令人欣羨的佳偶，但實際情況卻只能暗自搖頭嘆氣，家家有本難念的經果真一點也沒錯。

兩人聊著單身時的愜意，不是懷念，而是嚮往，但也無法否認人需要伴，需要能扶持互愛的伴，年邁時能牽手在醫院門診排隊，在公園散步回憶過往的伴，甚至為對方先走一步而痛心難忍的伴，但攜手相伴的情感需要長時間養成與磨合，絕非一時歡愉就能擁有，所以雖然嚮往單身的自由自在，還是認同有個能互相依靠的伴很值得。

「有件事不知道該不該跟妳說。」

「什麼事？」好蓁挑了塊小蛋糕，嘗過後發現太甜。

「前幾天看到妳老公和一個女孩在一起。」

「看錯了吧？」雖然急欲為丈夫辯駁，但好蓁還是無法掩飾驚訝的眼眸。

「妳老公就算化成灰我也認得，絕對不可能看錯。」筱靜用堅定的眼神展現自信，卻沒料到已經刺痛好蓁。「他們狀似親暱，而且……而且手牽手從汽車旅館出來。」

筱靜偷偷瞄著好蓁，發現她的臉色已經慘白，雖然猶豫是否該繼續說下去，最後還是認為好蓁不該被蒙在鼓裡。

「那女孩很年輕，身材很好，五官看起來精明幹練，一定是她主動誘惑。」

是萱萱？沒錯，一定是萱萱。好蓁緩緩將手縮回桌下，不想讓筱靜看到它們正在瑟瑟發抖。

好蓁不止一次告訴自己，嘉丞是事業心重才會冷落疏離，這是婚姻必經過程，也是上天考驗倆人情感的手段，所以好蓁相信疏離只是短暫，倆人絕對禁得起任何衝擊，但殘酷的事實總讓人信心動搖，幾次不經意看到嘉丞和萱萱的親暱互動，執意帶萱萱出國的態度，如今又加上筱靜的眼見為憑，讓好蓁突然覺得空氣好悶，彷彿被關入狹小幽閉的空間，因恐懼和絕望而幾乎窒息。

「那女孩是店裡的會計，他們一定是去談公事，不巧讓妳誤會了。」

雖然理由很牽強，話調也很虛，好蓁還是故作鎮定說出口，但撕裂的心痛聲依舊傳入筱靜耳裡，基於多年友誼以及同理心，她認為應該戳破童話故事的殼。

「最好是為了公事啦，最好是我誤會啦，但我認為妳心裡應該要有個底，男人身上的錢就像花蜜，散發的味道越濃，越會吸引蝴蝶主動黏過去。」

當幽魂被打入煉獄，承受各種水火煎熬時，所謂的意識基本上並不存在，只剩消極抵抗的反射動作，所以我能體會妤蓁的六神無主，但筱靜的叮嚀提示還是發酵出效果，讓她決定走出夢幻的象牙塔，並穿起鎧甲武裝自己，開始捍衛婚姻，捍衛家庭與多年情感，不能在城堡即將崩塌時，依舊扮演委曲求全的角色。

回家後一如往常拖地洗衣，接小孩放學，晚餐後陪公婆看連續劇，若無其事地完成所有作息，但衝擊過大難免失神，幾次讓公婆詢問是否心中有事，妤蓁都只能支吾回答，腦中不斷衡量，該用激烈方式質問，還是用溫情喚回飄離的心？一年多來嘉丞對自己的種種已無法感動，溫情怕是只能增加厭惡感，激烈方式又容易把事情弄僵甚至失控，導致飄離的靈魂加速逸向遠方，所以妤蓁一直陷於兩難而躑躅難定。

夜深後，妤蓁靜默在房裡等候，經過幾個小時的思考，依舊無法作出決定，因為她仍深愛丈夫，相信丈夫只是受到短暫迷惑，胼手胝足的情感不是一時歡愉能取代，所以她決定不讓衝動影響理智，避免作出無法彌補的行為，要用委婉方式要求丈夫重拾忠誠誓言，自己也會當成婚姻過程中的小插曲。

做了很多種模擬演練，想了很多種委婉說法後，妤蓁猛然發現早已超出丈夫固定回家的時間，心情也不禁忐忑起來，因為嘉丞雖然冷漠疏離，總會在固定時間靠岸，預期外的晚歸怎能不使人坐立難安？幾次伸出手指欲碰觸數字又縮回，正當考慮是否該冒被厭嫌的風險時，電話鈴聲竟冷不防地響起。

「是，我是，什麼！好，我馬上過去！」

突來的訊息讓武裝瞬間瓦解，妤蓁驚恐愕然，踱了兩步無法作出明確判斷，只能隨手抓起包包，隨自然反射行為往樓下跑，然後扭動引擎急馳而去。

當妤蓁趕到時，我已經不在現場，但為了日記完整性，必須詳實紀錄過程。

打烊後嘉丞和萱萱去吃了宵夜，並將車子開進常去的旅館，一陣放蕩狂野，宛如毒蠍交尾的激情後，兩人才氣喘吁吁地躺在床上。喝了酒加上激烈運動，酒精催化得雙眼有些朦朧，但萱萱的話還是清楚傳入耳裡。

「你最近胖好多，不但肚子都突出來，臉也變得好圓。」

「最近應酬多，我們又每天去餐廳吃飯，不胖才怪。」

萱萱蜷在嘉丞身上，手指在他胸膛和突起的肚子上滑走，語調完全不像白天能幹凌厲，完全展現小女人的撫魅溫柔，這也是嘉丞迷戀的原因，因為事業上萱萱是得力助手，外人面前是有教養的大家閨秀，上了床馬上變成春天動情的蛇，完全能滿足男人最細膩的需求。

「告訴你一件事，我的月事沒來。」

「然後呢？」

「早上去醫院檢查，確認懷孕了。」

「拿掉！」

「這就是你的態度？」

雖然答案不意外，但冰冷絕情的口吻還是讓萱萱無法接受，她倏然坐起，被單瞬間從胸口滑落，露出不算大的雙乳，用起伏的頻率直盯著嘉丞。

「不然妳認為應該生下小孩，認為我會跟妤蓁離婚，然後再跟妳結婚是嗎？別傻了，那是不可能的事情。」

伸長手取來香菸點燃，反應如此稀鬆平常，彷彿認定萱萱早該有此覺悟，不應存在任何不切實際的幻想。但重新躺回床上時，嘉丞突然感到一陣胸悶絞痛，彷彿接連心臟的大動脈被一條細繩綁住，雖然幾秒鐘就消失，卻湧起沉重的不安感，因為最近胸悶絞痛頻率太頻繁。

「你不是說我比妤蓁好，不管事業或床上表現都能滿足你？」

「我的確說過任何各方面妳都比較優越，但不代表我會因此拋棄妤蓁。」

「為什麼，為什麼我不能取代你老婆？」

意識到自己過於精悍，萱萱連忙收斂凌厲眼神，希望溫柔能讓嘉丞作出有利自己的選擇，沒想到嘉丞依然冷冷地抽菸，甚至連看也不看自己一眼。

「因為我和她有深厚的感情基礎，而且她才是陪伴我一路從無到有的人，我不可能為了任何人和她離婚。」

「那我算什麼？」雖然萱萱極力壓抑情緒，聲音還是忍不住激動起來。「妳年紀也不小了，難道不瞭解男人的心態？不知道男人就算在外面採一百朵花，累了之後還是會回去躺在老婆身邊。」

這句話說得如此理所當然，話語裡還怪她不該懷抱少女憧憬，聽得萱萱臉色黯淡無光，心中酸楚湧上，眼淚幾乎奪眶而出。

「許嘉丞，我今天終於看清你，原來在你心中我只是自動送上門，滿足你偷吃慾望的賤貨。」

「我可沒有這樣說，是妳自己承認的。」

曾有那麼幾秒，萱萱愚駭得說不出話，只能瞪著從容抽菸的石雕像無法反駁，因為當初的確是自己先看上嘉丞的俊俏外表，和已經步上軌道的事業，以及察覺到疏離的夫妻情感，所以想方設法製造機會，以各種方式誘惑挑逗，本以為嘉丞會像其他男人那樣完全臣服，願意為自己拋棄糟糠，沒想到竟變成嘉丞滿足肉慾的工具，而且還被赤裸裸地嘲弄，這口氣萱萱怎樣也嚥不下，更無法壓抑心中怒火，所以愚駭後終於讓情緒爆發，用淚水與憤怒對嘉丞拳打腳踢。

「妳幹嘛！瘋了嗎？快住手！」

不管嘉丞如何抵擋，拳頭和粗暴的動作依舊如雨下，萱萱瘋狂搥打，無意識地發洩不滿，尤其當她聽到現在這樣不是很好，各取所需滿足生理需求，何必講名分欺騙自己時，心中除了憤怒還有悲哀，無力且自相形穢的悲哀，但縱然是自己主動黏上，這段期間來卻是盡心盡力，完全無私付出，甚至拿出所有積蓄滿足嘉丞擴充店面的心願，如今卻只是滿足肉慾的工具，自己情何以堪，未來又將如何再面對？

憤怒，羞愧加上不甘心，終於讓萱萱變成暴怒的狂獸，除了不停謾罵攻擊，還顧不得赤身裸體一躍而起，信手抓起任何可以拿到的東西朝嘉丞丟擲過去，包括茶杯、瓶裝水、倆人親密購買的情趣用品，以及心寒與絕望。

其實嘉丞並非故意絕情絕意，畢竟萱萱的確為自己付出很多，但在好蓁面前，這份情沒有疑問是罪，是自己無法彌補的錯，以及難以掙脫的枷鎖，所以剛開始他懷著愧疚心態讓萱萱發洩情緒，直到茶杯瓶裝水等各式東西丟擲過來時，心中無名火才乍然竄起，並快速激化衝動，幾次甚至想衝過去抓住萱萱痛毆，最後還是強握著拳頭硬忍下來，直到菸灰缸擲中額頭，鮮血沿鼻樑滑落時，他終於壓抑不住男人的自尊，雙手往床上一拍，迅速蹬了起來，帶著布滿血絲的眼睛，以及緊握的拳頭朝萱萱衝過去。

原本俊俏溫和的人瞬間變成暴怒惡魔，而且振著黑色翅膀朝自己直撲而來，萱萱嚇得蹲在地毯上，並用雙手護頭準備承受最嚴重的打擊，那刻間她沒有任何感想，只有心死與心寒，但是蹲了幾秒後，卻發現暴力與憤怒並沒有落在身上，而且耳中一陣死寂，讓她忍不住抬頭察看，卻看到意料外的景象；嘉丞躺在兩步遠的地上，雙手緊緊抓住胸口，表情扭曲雙眼緊閉，全身不停抽搐顫抖。這個驚嚇比準備承受打擊更嚴重，萱萱幾乎連滾帶爬，朝已進入無意識狀態的嘉丞走去。

「你怎麼了？不要嚇我！」

嘉丞臉上肌肉完全扭曲變形，雙手不自主地用力抓住胸口，我默默站在他身邊，有條不紊地數著痙攣抽搐次數。

七次、八次……萱萱恐懼得不知如何是好，只能不斷哭泣。十六次、十七次……哭聲越來越失措，越來越大聲。二十次、二十一次……我不慌不忙地取出鉤魂鍊準備執行任務，然後在數到第二十八次時將鉤魂鍊拋出，但在拋出的剎那，忽然看到一道黑光從上而下罩在嘉丞身上，時間非常短，短到我無法意會一瞬而過的黑光是什麼，甚至懷疑是一時眼花；然而，最讓我驚訝的是，當收回鉤魂鍊時，竟發現上頭什麼也沒有。

我失手了，竟然失手了，沒有勾到許嘉丞的魂魄，三百年來第一次出現嚴重失誤。

愣住的那幾秒，彷彿經過幾千年之久，我望著空蕩蕩的鉤魂鍊，不明白為何會失手，我堅信完全依照生死簿上所示，在許嘉丞抽搐第二十八次時拋出鉤魂鍊，所以壓根想不通為何會失手，更不明白許嘉丞的魂魄為何會消失。

一定是那道黑光，蹊蹺肯定在那瞬間發生，但不管關鍵與答案是什麼，勾魂使者執行任務失手是不可原諒的過錯，而且失去亡魂蹤跡事態非常嚴重，於是我立刻轉身施法，往秦廣王的第一殿急奔而去。

三百年又四十七天

匆忙趕到殿前時，我向多爺表示有急事向冥王稟奏請他迅速通報，多爺知道我不會無事生非，加上神情急躁，因此立刻轉身入殿通報，沒多久我便得召入殿，雖然久未踏入殿內，但我怎有心瀏覽參觀，一入殿便急撲撲地走到冥王座前，並立刻跪了下去禮拜磕頭，然後懷著忐忑心境稟報原委。

「稟報冥王，卑職無能，未能將許嘉丞的魂魄勾回，而且亡魂不知去向，因此特來稟報。」

秦廣王肅穆莊嚴，身形壯碩高大，眼神不怒而威，讓我不自主地悚然。祂靜靜望著我，身體動也沒動一下，默默聽判官趨前報告，然後才聽到祂的回答，但我沒有看到祂有張開嘴巴。

「前因後果本王已知曉，後續本王將處理。」

冥王的回答讓我意外，非常意外，彷彿這件事早在祂的掌握中，但是失職罪責自有陰律規範，我仍必須負荊請罪。

「卑職有失職守，願憑冥王處置。」

「此事錯不在你，你且回，聽候差遣。」

未能勾攝許嘉丞的魂魄讓我不安，當時看到的黑光令我不解，此時冥王的反應和處置更讓我疑惑，但我不能問，只能叩謝王恩，然後循禮退出殿外。

回官邸元神宮後我一直思考前因後果，並非擔心冥王改變心意降罪，而是事件離奇得令我不安，但不管如何揣測，始終想不通個中道理，原本以為冥王最後一句暗示另有任務，枯等幾天也沒有任何通傳，反覆察看生死簿也毫無訊息，平靜得令我寢食難安，神經也變得異常敏感，總是豎起耳朵聽最細微的聲響，幾次想去探望黎巧兒，想想她也正處於波動期需要安靜安定而作罷，只好繼續待在元神宮裡緩和情緒，畢竟以我現在的忐忑心境去找她，難保不會有意料外的情況出現。

事件很快就傳遍冥界，在鬼差之間蔓延與討論，許農、小金、多爺和鄭永欽特地趕來表達關心，許農甚至帶來五罈美酒，但我完全食不知味，直到張和到來。

「我有幫你打探清楚了，的確非你之過，判官說許嘉丞早在前世就用靈魂和毗羅王交換，今生只是實現約定。」

「怪不得會看到一道黑光瞬間而下。」我恍然大悟，忍不住頻頻點頭。

「不然誰有那麼大的膽子與能耐，敢與勾魂使者搶奪魂魄？」

「但是許嘉丞看來並非大富大貴或窮兇惡極，毗羅王怎會收微不足道的魂魄？」疑慮解除難免胃口變好，於是我斟了一杯酒仰飲而盡，但仍不解地問。

「這點你就有所不知，許嘉丞、孫雲萱和方好蓁三人是五世宿仇，兩百多年來不斷糾纏，互相搶奪對方所愛，讓其中一人因自己而亡，累積的情仇相當深，也一直無法排解，所以許嘉丞才會要求毗羅王了斷宿仇，只是許嘉丞萬萬沒想到毗羅王的方法是直接讓他永世不得超生。」

想想也真可悲，世人為了達到某種目的出賣靈魂，卻不知道惡魔會在什麼時候，用什麼方法讓自己付出代價，更不知道自己是否真能得到想要的報酬，就像許嘉丞的例子，嚴格說起來毗羅王是憑空賺到五世宿仇，許嘉丞卻無端變成永世不得超生。

許農說既然沒事就更應該把五罈美酒喝光，於是我們盡情地喝酒聊天，直到他們勤務出現才紛紛離去。

散會後我去找黎巧兒，敲了很久的門都沒有回應，我不想猜測她是另有其他因素外出，或者還沒有準備好面對我，只是望了幾眼後默默離開。

三百年又五十天

回官邸後，生死簿終於浮現任務，那令我心安，代表一切恢復如常軌道，所以我立刻從黃泉路進入人間。

現場雖然略嫌吵雜，但還算有秩序，每個人都在騎樓下等候。吳永賢轉頭望向室內，裡面香煙裊裊，一陣一陣逸出廳堂，花蕊仙姑端坐於神龕正中間，身上披了件紅綢彩衣，面容清秀卻肅穆，手裡捻著一根引火棒，為世人點亮前程，點去迷團。

「妳真的帶香奈兒給仙姑？」

「當然，而且還是一整套。」

「妳夠誠意，仙姑一定很開心。」

吳永賢聽在耳裡不禁苦笑，如果香燭錢必須搜遍抽屜才能湊齊，投下去那刻還在猶豫該不該拿去買便當，是否代表誠意不足？付不起一筆金額辦消災法事，厄運是否因此終身不去？他想不透究竟誠意該如何度量。

仙姑的助手舉著一把香走出來，香上已經不是煙而是一團火，一名婦人雙手合十跟在後頭，神態虔誠卻舉步維艱，脊椎側彎顯然令她痛苦難堪。

「她年輕時墮胎太多次，那些嬰靈整天掛在背上，可憐，腰都壓垮了。」

剛才對話的兩個女人像發報機，不斷播送獨家內幕消息，有意無意讓人知道最可怕的不是病，是魔；但婦人是不是因為嬰靈而疾病纏身，這點我很清楚，卻不能插手。

「為什麼要那麼悲觀？未來掌握在自己手上沒聽過嗎？」

「請妳告訴我，怎樣才能樂觀？」

「很簡單，不要悲觀。」

想起伊芬不容質疑的專家姿態，吳永賢驚覺倆人距離原來如此遙遠，而且遠超過相處十八年的時間，因為伊芬根本不瞭解自己的悲觀並非與生俱來，而是無數次挫折的累積。

吳永賢小時候家境並不寬裕，半工半讀才勉強完成高職學業，退伍後存了些錢，卻開始面臨人生第一次抉擇。學了幾年汽車修護後有人建議他開間維修廠，趁年輕為事業全力奮鬥，父母堅決反對，苦勸上班領薪水可以過平穩生活，做生意大起大落太冒險，各方建議都有道理，結果卻可能是天堂和地獄。幾經思考後，吳永賢認為只要努力就能成功，也相信自己有那個能力與毅力，於是挑個黃道吉日讓維修廠開張。

一年後老東家決定擴展成連鎖事業，並鼓勵員工參股利益共享，勾勒的藍圖光明又燦爛，吸引所有員工成為股東，一起為美好未來打拚，可惜沒多久就因擴展太快周轉不靈，積欠龐大債務後老東家熬不住壓力選擇輕生，不但連鎖事業瞬間崩垮，所有參股的員工都變成債務關係人，那讓吳永賢感到相當慶幸，認為當初自行創業是正確選擇，否則肯定與其他人一樣參股並為債務與官司發愁，沒想到幾個月後員工施作不慎引燃大火，整間廠房付之一炬，並延燒左鄰右舍與交付維修的車輛，那場火讓吳永賢傾家蕩產，還必須面對生平第一筆債務，第一場官司。

公共危險罪刑滿出獄後吳永賢很沮喪，雖然年輕是最大本錢，失敗一次不代表終身無望，但現實是一個人要從失敗中爬起需要很大勇氣，人情冷暖更會消磨鬥志，必須有人在旁鼓勵與安慰，否則很多人確實會因為失敗而無法再起，所幸那時認識了伊芬，樂觀積極的她給了吳永賢許多觀念和鼓勵，這才讓他重新對未來燃起希望。

阿誠說有門道拿到山寨保養品，放到網路拍賣一本萬利，保證不消一年就能無債一身輕。躲在網路線後面風險低卻利潤高，更沒有周轉金和囤貨的問題，吳永賢確實很心動，但他曾經失去自由，瞭解沒有自由任何夢想都是空談，所以婉拒阿誠的速成法，決定一步一腳印踏實而為，所以批了成衣到夜市和菜市場擺攤，用汗水換取心安的報酬，沒想到幾個月後竟被控告侵權，付不起龐大和解金只好再度入獄。

出獄後吳永賢心死得像條蟲，終日在泥濘裡蠕動，覺得自己倒楣到喝開水也會嗆死，做什麼事都不順利，也不敢再做什麼，伊芬倒是不這麼想，認為失敗一兩次是養分，幫助自己行事更謹慎，思考更周詳，所以繼續鼓勵吳永賢不必看淡未來，甚至要感謝上天給自己成長和歷練的機會，吳永賢認為並非沒有道理，也接受伊芬的建議，山不轉路轉，大不了重操舊業，在熟悉的領域裡，更懂得避開風險和創造機會。

重操舊業後吳永賢處處小心，不容許再犯任何過錯，因為兩次經歷都顯示粗心大意背後的代價，所以剛開始收入雖然不豐渥，生活倒也過得去。

有一次，阿佳說殺肉的利潤很高，蠱惑吳永賢合作，因為他的能耐絕對能用最短時間將整輛車分解，阿佳有市場，吳永賢有技術，兩人一定可以賺大錢。吳永賢當然知道利潤豐厚，卻更瞭解隱藏的風險很高，所以婉拒阿佳的合作建議，直到某天，一位客戶的汽車引擎塘缸，不想花大錢送原廠更新，拜託吳永賢想辦法找同級品，吳永賢藉由阿佳幫客戶解決問題，並得到豐厚價差，伊芬認為可以朝這方面發展，本業上熟門熟路，必能開拓一片天空。

儘管有伊芬強力支持，吳永賢還是陷入抉擇，因為維持現狀雖然不容易致富，卻能永保安康平穩，反正債多已不愁，今生還不完來生再見，但如果想給伊芬更好生活，讓她覺得自己是個有未來又可以依靠的人，那就要再次放手一搏。

十字路口總是車水馬龍，每個方向都有風險，吳永賢再次蹉跎，很害怕有一天伊芬會對自己說，不願與看不到未來的人廝守終生，所以幾經思考後，吳永賢決定離開平坦道路，轉彎進入捷徑。

和阿佳合作確實很快賺到錢，除了償還部分債務，也得到伊芬讚許，但沒想到半年多後兩人都因買賣贓物被起訴，讓吳永賢承受失去伊芬的痛，並第三度面對刑期。

出獄後吳永賢很茫然，回想當初慶幸離開老東家，結果還是面臨官司與債務，拒絕阿誠的山寨保養品，最後還是面臨侵權官司，婉拒阿佳的合作計畫，繞一圈後還是搞在一起，並且承受買賣贓物的刑責，所以吳永賢開始認為努力沒有用，因為人生中有些事注定了就無法改變，縱然避得了一時，命運也會用另一種方式呈現。

那次後吳永賢變得凡事舉棋不定，早上起床不知道該先刷牙還是上廁所，出門前猶豫該穿牛仔褲或休閒褲，找工作時不知道該看報紙還是去就業服務站，在自助餐餐櫃前望著菠菜和高麗菜發呆，在飲料筒前盯著紅茶和冬瓜茶失神，立在十字路口不知道該往東還是往西，他越來越相信不管如何選擇，最後結果都會一樣，也越來越相信每個人出生那刻便已注定終點的結果，所以悲觀地認為不管繞幾個彎，該發生的終究會發生，不會發生的永遠不會出現，這就是宿命，殘酷的事實。

隨著唱號叫名，吳永賢猶豫該不該入內，其實填寫掛號單時便在躑躅，因為已經不是第一次來求教仙姑，開維修廠前仙姑要他趁年輕衝刺，還幫忙挑了黃道吉日，付之一炬時說是上天給的歷練，被控侵權和買賣贓物是魔考，過了這一關明天會更好，關關難過總會關關過。吳永賢很想告訴仙姑，問題是每一關都令人沮喪，彷彿永不休止的惡夢，而且夢醒時總會發現自己還在夢裡，甚至分不清現實與夢的界線。

上供香奈兒的婦人面帶笑容出來，顯然得到滿意的答案，是因為香奈兒還是誠心？幾次想問仙姑，神佛喜歡窮人還是富人，喜歡運勢順遂的人還是運勢黯淡的人，因為他從沒看過有財有勢又運勢順遂的人求神拜佛，坐在宮前殷殷等待的幾乎都是不順遂又艱苦的表情，各式宗教活動也幾乎由同一批人小額捐款累積而成，他們抱著希望上供心意，跪在大小廟宇裡喃喃自語，得到的只是心靈慰藉和自我催眠，一如自己早認定未來無望努力無用，參拜只不過想聽些欺騙自己的話而已，所以他真的很想問，運勢到底能不能改，倘若不能，求神拜佛除了心安和滿足幻想，還剩下什麼？

但他還是來了，在門口猶豫該左轉還是右轉，在十字路口躑躅該向東還是向西，在橋頭蹀躞該前進還是後退，在神壇前考慮該進去還是回頭，要不要在掛號單上填下名字，坐左邊還是右邊等待，坐右邊會不會聽到香奈兒？退還掛號單會怎樣？回頭會有什麼事發生？向東會不會出現奇蹟？在門口右轉結果會不會相同？吳永賢茫然地看著地上，直到三次唱名才驚醒。

「弟子想請教下一步該怎麼走。」

女乩童身披彩衣捻著蓮花指，上下端詳吳永賢後嫣然微笑，然後唱著案頭才聽得懂的歌詞。

「有福之人總要先經過磨難，仙姑說你的劫數快要圓滿，不日之內就會出現人生契機，要你稍安勿躁。」

就唱那短短一句真的可以翻譯那麼長？案頭添加多少職業性說詞？吳永賢確實很懷疑，因為關鍵不在自己急躁，而是幾年前就聽仙姑說不日之內就會出現人生契機，但這個不日之內還真長，長到令自己懷疑今生能否遇見；儘管如此，吳永賢還是雙手合十膜拜，因為充滿希望的話真的很動聽。

仙姑繼續唱著案頭才聽得懂的詞句，身上的彩衣閃閃發光，而且唱得越久光芒越耀眼，越使人感到天機奧妙，凡人只能嘆為觀止。

「仙姑說，出宮門後向北方走。」

就這樣？不是唱了一大段，怎麼只有短短一句？算了，至少站在門口不會猶豫應該朝那個方向走。

「仙姑要賜你一張符，早晚不可離身，可助你脫胎換骨。」

「感謝仙姑。」

收過符咒後，吳永賢起身離開，卻發現這是皮夾內第六道平安符，每一道都是要幫助自己脫胎換骨，自己也的確大有改變，由青年變成中年。

站在神壇門口時，吳永賢本想遵照仙姑指示往北走，但他忽然想到年輕至今每件事都以自己或別人認為正確的方向前進，結果卻總是出乎意料，如果轉折處大膽冒一次險，人生是否會因此完全不同？

這次吳永賢沒有猶豫太久，他毅然決然地向南走，而且邁開步伐快速前進，每跨一步彷彿時間正在倒流，一開始和阿佳合作殺肉零件，賣山寨保養品而不是仿冒名牌衣，聽父母的話做個沒有慾求的上班族，甚至高職念的是商業會計不是汽車修護，如此的話現在應該不會走在這條路上。

重新進入熱鬧市區後，吳永賢站在第一個十字路口大笑，笑聲非常放肆，惹來不少異樣眼光，因為他發現不管往南或往北，自己同樣會站在這個十字路口，回家的道路只有一條，終點永遠不會改變，所以他笑到流下眼淚，而且嘗到淚水的滋味。

行到第三個十字路口時，看到有位婆婆倒在斑馬線上，而且狀似痛苦，這讓他又開始猶豫，不知道該視而不見快速通過，還是停下來詢問是否需要幫助，甚至伸出援手將她攙扶到路旁，每種決定結果可能不同；但也許，每種決定結果還是相同，所以他真的非常猶豫。

「需要幫忙嗎？這裡很危險，我先扶妳到路旁。」

本想視而不見快速通過，因為跨進斑馬線時他想到，如果人生早已注定，不管如何選擇結果還是會相同，那又何必浪費時間援助陌生人，但經過婆婆身邊時，呻吟聲卻讓他瞬間改變想法，覺得視而不見可能會成為今生陰影，所以他停下腳步詢問婆婆狀況，並彎腰幫忙撿拾掉落物品，不為助人為樂的偉大情操，只是不想日後後悔。

但就在他伸手要攙扶婆婆時，忽然聽到身後響起尖銳煞車聲，緊接著感到背脊一陣劇痛，他和婆婆同時被推離了好幾步遠。

努力爬過驚嚇不已的婆婆身體，從戛然而止的保險桿鑽出後，吳永賢回頭看到擋風玻璃內有張驚懼變形的臉，他還沒有意識到發生什麼事，只覺得胸口很悶，很想打嗝，最後終於忍不住吐出一口鮮血，這才知道被急轉過來的貨車攔腰撞上，自己的身體剛好護住婆婆。

當眼前景物越來越模糊，雙腳越來越無力時，吳永賢腦裡依舊迴旋著那個問題：「如果依照仙姑指示往北走，結果是否會不同，還是被撞得更遠，更支離破碎？」

吳永賢不需要上銬上鎖，我暗示他跟著我的腳步前行，他的表情很輕鬆，因為不再需要抉擇，也不用再猜測結果是否相同，至於他如果遵照仙姑指示向北走命運是否會不同，還是會被撞得更遠，這點我當然不知道，只知道另有神差在交簿廳等候，等著要帶捨身救人的靈魂去天堂。

每個人的生命過程中都會面臨無數次抉擇，如果當初選擇另一個方向，境遇結果是否會不同，還是如吳永賢所說，終點結果早已被注定，不管轉幾個彎，命定之數永遠不會改變？這個問題其實無解，因為生命不會重來，自然不會有重新再選一次的機會，不過回程路上我倒是陷入深度思考，因為今天不是第一次接觸到花蕊仙姑，前次是一心求轉運的盧敏雄，而且我雖然不是神通廣大的神祉，再怎樣也是名鬼差，但站在神壇前，我完全感受不到神氣，而是看到神壇內籠著一團黑氣。

三百年又五十二天

放肆一夜激情後，眾人步履已顫頹，該吐的吐，該倒的倒，全都筋疲力盡，天際露白的光芒是最佳催眠曲，照得林信佑雙眼迷濛精神渙散，但他還是撐著意念扶住筱筱，怎樣也不能在此時讓神智不清，過去如此，現在與未來也都要繼續展現自己的與眾不同之處。

「搭你車？」

「保時捷耶！人家都沒坐過。」

「當然，帶你們吃完早餐再散！」

保時捷這三個字代表的是身分地位，尤其萌萌欣羨的表情更讓林信佑飄飄然，要不是筱筱和阿健一直在場，半夜三點就會把萌萌帶回家，因為她的身材實在火辣，不僅前凸後翹而且敢玩。是啊，為什麼不玩，年輕瘋玩是理所當然的事情，總不能老的時候才後悔沒有放蕩過。不，這不是放蕩，而是可歌可泣的年少輕狂，一如小輕、芬芬、小艾，還有那些根本叫不出名字的女孩們，都是義大利進口床墊上的屈服者，雖然萌萌的警覺性高了點，但無妨，一顆小藥丸就能讓她變成溫和順從的兔子，阿健比較麻煩，因為林信佑不想為了一個女人和阿健翻臉，不管怎麼說阿健對自己可是死心塌地的崇拜，何況很多事情還需要他出面或敲邊鼓，至於幾乎不省人事的筱筱，早就煩了，雖然是場子裡最火辣耀眼的女生，醋勁卻大到讓人無法忍受，不就是和小輕做個愛，差點沒把林信佑的皮扒開，才認識不到一個月就真以為自己是正宮元配，媽的，遲早要想個理由送給阿健爽一爽。

「有錢的味道。」

一鑽進車裡萌萌就好奇地東摸摸西摸摸，雖然那是無可比擬的滿足與成就感，但車子是男人無可取代的妾，怎可讓人蹂躪糟蹋，何況是保時捷，所以林信佑還是警告萌萌不可以用指甲摳。

「人家又沒有，小氣鬼！」

筱筱癱在副駕駛座，林信佑問了幾次想不想吐，倒不是變得溫柔體貼擔心她的身體，而是怕她嘔一聲吐在車上，果真如此，肯定一腳踹下車。

「佑少爺，去永和那家創始店。」

林信佑比了個ＯＫ手勢，然後扭動引擎，強烈的呼呼聲聽起來就是爽，彷彿萬馬奔騰，自己則是帶領千軍萬馬的主帥，那種優越感不是每個人都能擁有。

獨生子又家境優渥，林信佑從小就知道自己的與眾不同，更清楚現在與未來能得到什麼，世界上任何東西，或人，對他而言只有要不要，沒有想不想，只要開口他媽媽一定盡全力滿足與配合，記得國中時不爽一個同學說他囂張，林信佑帶領一班兄弟把他強押到別墅旁的木屋，足足款待了六天六夜，還用針線把他的嘴巴縫起來，雖然遍體鱗傷奄奄一息，但那又怎樣，在媒體面前裝可憐不就是想要錢，天底下沒有媽媽解決不了的事情，「囂張」這兩個字不是每個人都有能力說，至少要有能力擺平六七個兄弟的官司，否則憑什麼不爽，那次後林信佑更篤定自己的與眾不同，以及媽媽對自己的百般順從。

破曉後，天色很快變亮，沐在晨霧的城市看起來更有朦朧美，結實健壯的引擎聲宛如鬧鐘，喚醒一地春意和早起運動的眼睛，林信佑最喜歡在這種氛境下開車，彷彿自己掌控著世界，所到之處都是目光。

「開慢點。」

原本像個死人樣的筱筱突然開口，還拉一拉林信佑手臂，這種話有說等於沒說，什麼時候該快，什麼時候該慢慢行駛成為焦點他比誰都清楚，此時此刻就是該讓引擎聲呼嘯而過。

「開慢點。」

狠狠打了個酒嗝，林信佑理都不理筱筱的再次叮囑，還甩開她的手咒了一句煩，自己一向是天生好手，只差沒去參加比賽，怎麼開車不須要旁人囉唆，何況這裡又不是展覽場，沒有欣羨目光，龜速慢行是要開給誰看？不過雙眼還真的有點濛，K菸也讓腦袋彷彿飄浮在半空，所以林信佑確實想盡快到達目的地，然後趴在桌上瞇一下，甚至後悔不該允諾帶他們去吃早餐，所以他闖了好幾個紅燈，反正罰單媽媽會處理，就像上個月撞到一張賣彩券的輪椅，媽媽會打理一切不須要自己出面，這不就是媽媽的責任？不然生小孩是要幹嘛？

第二次打酒嗝，這次差點把胃酸吐出來，林信佑狠狠把它嚥回去，不想讓氣味飄散在車內，不過眼皮真的很重，只能勉強裂出一條縫，在那小小的縫隙裡，他看到一個婦人正在過馬路，不到兩秒就碰到自己的保險桿，婦人也立刻彈了出去，自己則心頭一驚眼睛乍亮，雙手反射性地往左方一扭，前輪衝向分隔島，也在兩秒鐘之內，整輛車側翻在快車道上。

當陳韻美被撞飛幾公尺，再重重落地的剎那，我已順手拋出鉤魂鍊，將她的魂魄從全身骨頭盡碎的身體拉出來，陳韻美呆騃幾秒鐘後看到自己只不過早起要去運動，卻無端端被撞死在路上，不相信自己就這樣莫名其妙死了，想到兒子還小需要人照顧更是忍不住痛哭失聲，並開始咒罵酒駕的人應該判死刑外加千刀萬剮。

因為貪杯逞強而酒駕的確很可惡，因為酒駕撞死人不管有沒有肇事逃逸都等同蓄意謀殺，但我無心評論陽間功過，只是默默將枷鎖套在陳韻美身上，再拉著驚慌失措痛哭流涕的魂魄走向車頭撞爛，四輪朝天的保時捷旁，看筱筱的身體扭曲變形，前額破了個大洞，鮮血不斷汩汩而出，當她吐出最後一口氣時，我拋出第二附鉤魂鍊將她的魂魄取出來，她前額的洞非常大，縱然變成鬼魂還是不停在冒血。萌萌頭下腳上昏倒在後座，雖然肝臟已破裂，但陽壽未盡所以我不理她，林信佑和阿健雖然也受傷，所幸安全氣囊和位置救了他們一命，而且兩人很快就從破碎的車窗爬出來。

四周已經圍了很多人，有人遠觀議論，有人上前搶救，還有兩三人站在陳韻美的屍體旁。林信佑爬出車後，酒精和K他命早已從毛細孔蒸發殆盡，首先看到的是愛車幾乎變成廢鐵，他心痛到說不出話，看到筱筱全身是血倒坐在車裡，當下知道已經氣絕身亡，再轉頭看到陳韻美橫躺在不遠處，直覺反應也是當場斃命，一下子搞出兩條人命，林信佑驚嚇得全身顫抖，直覺反應就是逃，卻被路人緊緊抓住。

「我要找我媽！我要找我媽！」

是的，林信佑第一個想法是找媽媽前來處理，過去不管發生什麼麻煩事，只要找媽媽來都有辦法解決，他知道媽媽會代替自己向所有人下跪認錯，請求社會大眾再給年幼無知的自己一次機會，等賠完錢以及風聲過了以後，所有事情都會從人們腦中遺忘，所以他吶喊著，不就是賠個幾百萬有什麼大不了，然後用力掙脫兩隻強壯手臂，衝到翻覆的車邊掏出手機，但打了幾通都沒有人接，急得他不禁破口大罵，罵他媽媽怎麼在這個節骨眼不接電話，還要邊罵邊應付指責他酒駕肇事還想逃的言詞。

「放開我，我要找我媽，不就是賠錢有什麼了不起，放開我！」

「囂張，惡質，人都被你撞死了還這種態度！」

一名中年男子看不慣，出拳往林信佑的臉上打，揍得他眼冒金星，還被兩三人拖著往陳韻美的屍體走去，要他看清楚自己闖下什麼大禍，林信佑根本不想看，不斷掙扎吶喊以及按重撥鍵，偏偏電話怎樣都沒人接，使得他心中怒火竄升到最高點，打算電話接通後要先對他媽媽破口大罵，不過他的怒火並沒有維持很久，大約四秒鐘，或者五秒鐘，反正那把火在見到橫死街頭的陳韻美時就瞬間消失，尤其看到死狀悽慘全身是血的景象更是整個人呆住，雙腿也立刻癱軟，並非第一次看到那麼多血而感到恐怖，而是那張扭曲的臉讓他無比驚駭，全身立即籠罩在冰凍感中，冷得他直打哆嗦，並撲跪在地上，很用力很用力的喊一聲：

「媽——」

讓陳韻美聽完從小被自己栽培與寵溺，什麼事都幫他承擔打理，天下最優秀最孝順最善良，只不過現在年輕愛玩闖了幾件小禍的兒子叫她一聲媽後，我頭也不回地將兩縷魂魄拖向幽冥道；但是說真的，背後那一聲聲淒厲的媽，聽起來很刺耳。

他的頭頂已經全禿，只剩四周尚有乾燥捲曲的頭髮，頭髮很長，幾乎蓋過山羊鬍，水藍色長袖上衣有多處深灰色汙垢，褐色長褲褲腳破碎脫線，宛如被車輪輾過，拖鞋鞋面已脫落，每走一步路，掀開的人工皮都會拍擊地板發出啪啪聲，雖然沒有人確定他身上有難聞氣味，但每個人靠近時仍會自動掩住口鼻，彷彿氣味可以藉由視覺或想像傳入鼻腔，但這些舉動蔡榮森早習以為常；或者說，他根本沒看見，因為他總是目光呆滯，彷彿遊蕩街頭的失智老人。

坐在人行道啃饅頭時，一名婦人停下腳步，從皮包裡掏出銅板，然後丟在蔡榮森腳前，原本以為能得到感謝的眼神，沒想到蔡榮森竟把銅板踢開，嘴裡還嘟嘟噥噥唸個不停，嚇得婦人連忙快步離開。

一陣嘀咕後，蔡榮森又望著往來車輛發呆，本想將手放在他頭頂，傾聽深邃瞳孔裡的聲音，想知道他終日默默無言，內心是否時刻喃喃自語，但我立刻打消念頭，因為沉默的人思緒大多活躍又敏感，任何事經過視覺傳入大腦，腦內會分成正反兩派並激烈論戰，不管哪一方論勝，結果都不會傳給聲帶，純粹是發洩主觀意識與不滿，所以我可以想像得到，蔡榮森應該是在抱怨往來車輛過於喧鬧，天氣太悶熱，甚至責怪丟銅板的婦人怎能將他當成窮困潦倒的遊民。

年輕起蔡榮森便從事代書工作，除了一般房屋土地買賣的手續代辦事務，主要業務是各項銀行與私人借貸，包括信用卡、現金卡、土地房屋質押、二胎貸款，甚至憑一張身分證也能借款，而且鎖定信用不佳者為對象，雖然徵信與各項手續較為麻煩，甚至必須與行員有默契地利益交換，但高額的代辦費依舊讓他堅持以此業務為主。

每當有人抱怨，收取三成至五成代辦費簡直與地下錢莊沒兩樣時，蔡榮森總會疾言厲色反駁，表示會找上門的幾乎都是銀行拒絕往來戶，或信用差到連地下錢莊也不肯出借，四處碰壁求助無門後找上自己，他卻必須費盡心思打通關節，甚至製作不實財務報表或薪資資料才能讓那些人得到援助，所以從某個角度來說，他堅持自己做的是良心慈善事業。

何謂巧言令色？這番言詞便是淋漓展現，蔡榮森的說詞乍似有理，卻特意忽略根本關鍵，當一個人被銀行拒絕，甚至地下錢莊也不肯出借時，代表已是山窮水盡無處求援，那種狀態下每分錢都可能是挽救事業或生命的希望，被無情豪奪後雖然解了燃眉之急，卻必須面對高額利息，絕大多數負擔因此更重，甚至因此走上絕路，所以蔡榮森的巧辯只是掩飾之詞。

但不可否認，有需求便有人願意努力作為，蔡榮森也因此賺進大把財富，五十幾歲已累積七間房屋和多筆土地。

蔡榮森小時家境困苦，因此發誓不顧一切賺錢，以累積財富為終身職志。賺錢是絕大多數人的目標，而且沒有人會嫌自己錢太多，但賺錢和收集錢是兩回事，就我的想法，賺到錢後必須適時且適當付出，並因此換取到相等結果才算圓滿，收集錢只是不斷累積，並為存款簿裡攀高的數字雀躍，平常時候卻吝於付出，甚至苛刻自己與身邊人，套句陽間人所說的話，窮得只剩下錢，可惜世人十個有九點九個寧願窮得只剩下錢，也不願窮得什麼都沒有，所以錢雖然是激勵人心的動力，卻也是腐敗人心的根源，因此我常質疑，發明錢的人是應該讓他上天堂，還是應該打入十八層地獄？可以確定的是，錢本身無罪，善惡只在世人一念之間。

儘管已經擁有豐厚家產，蔡榮森依舊每天錙銖必較，想方設法賺錢，而且隨著景氣越來越差，信用破產的人越來越多，他的代辦費也隨著水漲船高，有時遞給申請人的只有薄薄幾張，讓他們氣得血脈僨張卻一點辦法也沒有，只能怪自己無處求援以及誤上賊船。

但並非所有人都會咬牙認命，當陳昭元捏著薄薄幾張千元大鈔，耳裡聽著蔡榮森說扣掉什麼手續費，什麼關節費等等時，他氣得毫不客氣反駁。

「你這樣剝削，難道不怕絕子絕孫？」

「幹嘛說得那麼難聽，如果沒有我，你連這些錢也申請不到，以後還是朋友，各自留後路不是很好嗎？」

望著那對奸邪眼睛，陳昭元終於明白何謂人間最惡，就像蔡榮森喝血噬肉時，臉上依舊橫出醜陋笑容，雖然恨得牙癢欲狂，卻一點辦法也沒有，因為所有該簽的字，該蓋的章全是自己願意，所以也只能咬著下唇拂袖而去。

果然那些錢非但無濟於事，而且缺口越來越大，最後龐大壓力終於逼迫陳昭元夫妻倆作出心痛協議。那天晚上陳昭元忍住淚水對兒子說，爸爸知道你一直想坐潛水艇，今晚爸媽就帶你去，開心嗎？兒子樂得手舞足蹈，差點讓妻子打消念頭，卻被陳昭元拉到一旁質問，難道要讓他從小受歧視，終身背負我們的債務？陳昭元的妻子頓時啞口無言，只能含住淚水為兒子換上漂亮衣服，然後擠出笑容帶兒子坐上車。

隔天媒體大幅報導，一家三口受不了債務壓力，連人帶車衝入碼頭，卻沒有報導兒子驚慌地說潛水艇會漏水，不能呼吸。

悠悠晃晃飄到閻王殿後，夫妻倆聲淚俱下地控訴如何被剝削壓榨，求閻王為其一家人主持公道，閻王鐵青著臉震怒，直斥惡質代書比地下錢莊可惡，看過生死判的資料後卻發現蔡榮森未到命絕時候，只好批准他重回陽間騷擾，蠱惑蔡榮森的心智，消耗他的殘餘福報，所以蔡榮森才會時常陷於失神狀態。

陳昭元的死訊很快傳入蔡榮森耳裡，但他並不以為意，認為陳昭元的生死與自己無關，警告眾人不得將罪過強加在他身上，他只是盡職的代辦業者，沒理由背負莫須有罪名，但話雖如此，一家三口死於非命是天大地大的事情，稍有良知的人都會感到不安，所以當晚蔡榮森就偷偷跑去求助仙姑，希望仙姑能幫忙擋災化煞，不要讓冤魂纏身。

「仙姑說確實有冤魂近身，而且領有法旨，不好處理。」

「那要怎麼辦？這些年來弟子一直是最虔誠的信徒，壇裡有任何需要從來不皺眉頭，所以這次仙姑一定要幫我。」

「你的心意仙姑很清楚，祂說不會坐視不管。」

說完後案頭便開始點頭，並依照仙姑唱詞振筆疾書，寫完後隨即拿給助手，蔡榮森轉頭表示所有費用等下會繳納，準備物品的空檔裡仙姑畫了幾張符，然後交代如何使用，沒多久助手送來紙錢等應用物品，仙姑立刻唸咒作法，所有人都摒息觀看。

「仙姑調冤魂到壇前斡旋，希望能化解他的怨氣。」

「正在談條件，看他怎樣才願意放手。」

施法期間，案頭不時低聲向蔡榮森解釋進度，蔡榮森什麼也看不到，只能雙手合十，虔誠跪禱。

這種調解法事有效嗎？站在勾魂使者立場，我必須說成功機率非常低，因為冤魂纏身與遇到沖煞不同，冤魂會纏身絕大多數都領有冥旨，既然領有冥旨代表其中牽涉到因果宿仇，而且累積的怨與恨非常強烈，如果三言兩語就能被勸退，或能輕易用條件交換，怎會在冥王殿前控訴並要求復仇，所以成功機率微乎其微；除此之外，陽間的神壇宮殿比便利商店還多，幾乎都會施作類似法事為信徒排解因果，問題是真有神靈降世普濟眾生，或只是神壇宮殿與乩童的商業行為？這恐怕只有乩童本身最清楚，但不可否認，類似法事具有心理安慰效果，實際效應恐怕冷暖自知。

至於陳昭元的冤魂是否真被調到壇前？神壇前是否真有一場神鬼斡旋？這方面我不會詳實記載在日記裡，因為那對我沒有任何好處，但卻必須在日記裡清楚寫下這段話警惕世人：「人命關乎天，一條生命尚且如此，三條人命的怨與恨，恐怕不是一生一世能了結。」

「仙姑說對方態度很堅決，不接受任何條件妥協。」

「那要怎麼辦？」

「不急，仙姑應該有辦法。」

剝削他人時蔡榮森面不改色，還能振振有詞說出道理，聽到案頭說冤魂不接受妥協隨即臉色大變，凸顯每個人都有弱點，以及強硬態度下容易隱藏心虛，心虛自然是害怕遭受報應，所以蔡榮森頭點得更用力，祈求的聲音也更大聲。

忽然一聲斥喝，蔡榮森嚇得猛然抬頭，雙手也微微顫抖，案頭見狀隨即拍拍他的肩膀安撫，輕聲說仙姑這聲斥喝是氣冤魂寧抱怨恨心也不肯接受調解，所以決定將他收伏交給冥王處置，蔡榮森這才鬆口氣，並暗自盤想，能收伏冤魂最好，省得麻煩又能一勞永逸，心裡也盤算日後要大肆叩謝仙姑神恩浩蕩。

為了不讓世人有僥倖與偏差心理，所以這裡必須說些心裡話。

陳昭元領冥王法旨迷其心智，花蕊仙姑憑什麼生氣？又憑什麼因為不肯妥協就收伏陳昭元？果真如此就被收伏，那冥王法旨豈不是僅供參考？世人作惡害人後，只需乞求某位神祉收伏纏身冤魂便能消弭罪過，那天地陰陽裡還有因果報應嗎？地藏王菩薩的戒律不就被破壞殆盡？那位神祉的行為豈不是助紂為虐？

世人信奉膜拜求的是善念善果，手執三柱清香跪在蒲團時，應該分清楚天地法則與迷信的界線，因為人心著實險惡，許多人為了功名利祿，滿天神佛都能變成工具，如果不能分辨正邪是非過度迷信，很容易因此陷入黑暗陷阱，結果是養出更多神棍，讓更多人受害。

嚴厲斥喝後，仙姑面容凝重地比手劃腳，並拿著法器揮舞唸咒，從神壇作法到門口，再從門口張揚回壇前，過程宛如歌仔戲裡的神魔大鬥法，使人升起敬畏之心，當法器落下時，更是大聲宣告，終於大事底定。

「仙姑已經將冤魂收伏，再也不會纏著你。」

「感謝仙姑，感謝仙姑，弟子必會答謝神恩。」蔡榮森笑得綻出花朵，不斷磕頭感謝神恩浩蕩。

「記得按照指示使用符咒，這樣才能消除身上的陰氣。」

「弟子一定照做。」

「還有什麼事嗎？如果沒有就換下一位。」

「不知道為什麼，最近生意忽然變得很差，業績少了一大半，所以想求仙姑助一臂之力，如果有賺錢弟子不會忘記回報恩澤。」

聽完請求後又是一段七調唱詞，案頭仔細記載並頻頻點頭，然後對蔡榮森說：

「仙姑指示，做生意本來就有起有落，不過祂會盡量幫你，要你多用些心思在事業上。」

得到應允後蔡榮森才開心的起身，繳交費用時心中卻想著，這些年來蒙仙姑庇佑才能順遂，今天又幫忙化解冤親債主，所以應該立即展現誠意，於是向工作人員表示要請戲班酬謝三天，請工作人員代為聯繫，並預先支付聘請戲班的費用，然後才心滿意足地離開。

信徒事業不順求神祉幫忙，神祉應允鼎力相助，這是很正常且常見的人神交流，但出現在蔡榮森身上卻是非常可笑又矛盾，因為他利用職業剝削他人，使人因此陷入更大困境，如果花蕊仙姑助他生氣興隆，豈不代表會傷害更多人？如此一來花蕊仙姑是助人還是害人？而求助任何神祉的人有沒有想過，自己做的是什麼生意？我不是神仙大聖，只是小小的勾魂使者在寫日記，所以不想評論這種事情。

魏景明請蔡榮森辦理質押借貸，查過市政規劃藍圖後發現，那塊土地升值潛力相當驚人，所以回程路上蔡榮森都在盤算如何將那塊土地占為己有，權狀證件都在他手上，能五鬼搬運的方法有很多種，蔡榮森思考著什麼方法成本最少風險最低，想著想著竟失了神，連綠燈亮了也不知前進，還引來後方一陣喇叭催促聲。

「肥沃的大餅怎能給銀行，看來要犧牲一點利息才能引魏景明上鉤。」

打定主意後立即上檔啟動，心中卻不禁嘀咕現代人如此缺乏耐性，只不過稍微延遲竟狂按喇叭，但當他抬頭看照後鏡時卻微微愣住，因為照後鏡上完全漆黑，清楚顯示一部車也沒有。

「什麼時候被超車怎麼沒發現？」

話雖如此，蔡榮森還是狐疑，因為前方同樣一片漆黑，倘若被超車肯定能看到前方的後車燈，難道是想得入神產生幻聽？

夜已深，路上靜得只剩晚風，呼呼地在車窗上囂鬧，時序已近晚春，但蔡榮森卻感到有股寒意侵襲，讓他不由自主地哆嗦，不明白應是溫度氣候宜人時候，怎會忽然如此凜冽，於是伸手關上車窗，並不經意地再望一眼後照鏡，這一看卻從骨子裡竄出戰慄，因為鏡子裡照出一張慘白哀怨臉孔，嚇得他立刻扭頭察看，結果竟看到陳昭元一家三口坐在後座，而且散發強烈怨氣，用恐怖又犀利的眼神盯著自己。

任何人在那種情況下都不會有能力思考，蔡榮森也不例外，他第一個反射動作是大叫，宛如動物遭遇攻擊般哀嚎，第二個自然反射是喪失心智，狂亂地踩油門轉方向盤，彷彿這樣就能擺脫冤魂和恐懼，直到車頭筆直朝農田栽進去時，世界才終於變成漆黑與寂靜。

那場車禍讓蔡榮森在床上躺了兩個多月，出院後還要面對漫長復健，但因強烈撞擊受傷的大腦卻無法恢復，除了常看到陳昭元一家三口黏在身邊，對事務的組織與判斷力也大不如前，幾次疏漏後惹來侵占與詐欺官司，並被追查與行員的利益勾結，幾十年打造的城堡不到一年便傾倒，七間房屋剩四間，雖然沒有背負債務，但老婆和兒子見蔡榮森已無法恢復精明幹練，開始限縮和阻絕他在事業上的決策權，母子兩人更為了爭產鬧得不可開交，而蔡榮森雖然腦力大受影響，行動也不如過去俐落，卻還不至於呆滯無知，所以很清楚必須抓住僅剩財產才能安保晚年，尤其被兒子設計過戶兩間房屋後，更是將權狀印鑑看得比生命重要，卻因此讓老婆大為不滿，認為財產應該歸她所有，因此和兒子打侵占官司，還每天吵鬧要蔡榮森還她一生辛勞，兒子也想方設法逼迫分產，導致他終無寧日，連喘息都覺得烏煙瘴氣，最後帶著權狀印鑑等重要物品流落街頭，四處躲避老婆和兒子的搶奪，所以蔡榮森並非落魄的街友，而是有家歸不得。

啃完饅頭喝完水，正想起身離開卻被迎來的人圍住。

「跟我們回去好嗎？事情總要解決，你這樣躲不是辦法。」

法官認定蔡榮森簽署文件時處於意識薄弱狀態，因此一審判決老婆勝訴，兒子必須歸還房產，這讓他更為心急，帶著人四處尋找蔡榮森想挽回劣勢，更想藉此逼迫分產。

兒子的來意蔡榮森自然清楚，也明白回家後自己將一無所有，所以他根本不予理會，拎著背包轉身想離開，兒子見狀竟動起肝火，夥同友人拉著蔡榮森要他回去解決問題，儘管拉扯已引起路人注目，但為了利益誰也不肯讓步，蔡榮森更開始破口大罵養子不孝，嚷著要遠觀路人評理，卻沒有人敢上前管家務事。

眼見圍觀人群越來越多，兒子心虛得態度稍有軟化，但仍拉著蔡榮森不願鬆手。我站在一旁冷眼觀看，絲毫沒有同情之心，靜看母子為了家產撕破臉對簿公堂，父子為了家產在眾目睽睽之下爭執，每個人降生於世都帶著累世福報與業力，福報用盡後自然要接受業力考驗，說是報應也不為過，但報應與否與我無關，我的工作是等待時機成熟結束這場荒繆鬧劇。

人被逼急時抵抗力往往越強，無法脫身的蔡榮森脾氣終於爆開，開始用背包和拳頭猛擊兒子，打得他顏面盡失又不敢還手，正打算另想辦法時，左眼驟然被蔡榮森一拳擊中，刺痛感隨即讓他頭昏眼花，並不支地往後踉蹌幾步，沒想到跌落人行道的剎那，衣角竟勾到路過的水泥預拌車，整個人被拖行十幾公尺，在一群驚訝愕然的眼睛裡捲入車底，當後輪從他胸口輾過時，我也順勢拋出鉤魂鍊，將蔡榮森獨子的魂魄給拉了出來。

「還少兩命！」

儘管陳昭元忿忿地說絕子絕孫都不夠，我卻一點也不想置評，因為生死簿上只注記勾攝蔡榮森的兒子，他和他老婆是否因此得到教訓，陳昭元是否繼續蠱惑，後續問題我完全不想知道，只是默默拉著新魂走向幽冥道，並偶爾回頭看看蔡榮森那張驚訝茫然的臉孔。

三百年又五十五天

弄丟許嘉丞的魂魄事件結束後，好幾次都想去探視黎巧兒，因為她的情況確實令人擔心，更急迫地想知道毗羅王印記給她帶來什麼影響，偏偏任務旋踵而來，一件完畢馬上浮現另一件，完全應接不暇，沒有絲毫休息喘氣的時間，曾經想過不顧一切前去探視，或積極請求祂協助，但怎麼說我也有三百年修為，理智總是適時壓抑住衝動，並讓我冷靜地從另一個角度思考，認為旋踵而來的任務是冥冥中的那股力量在阻止我接近黎巧兒，為的是讓彼此暫時沈澱，或在醞釀某種我不得而知的變化，所以我只能被迫且消極地一件一件執行任務，只希望黎巧兒能往好的方向發展。

不過今天稍有空檔，我立刻趕去探望黎巧兒，卻發現依然大門緊閉，昨天帶新魂去交簿廳時詢問過判官，知道黎巧兒尚未投胎，也沒有被押解去承受罪責，所以她的失蹤，或者說避不見面，令我非常擔心。

三百年又五十六天

看到我時方品雪沒有驚慌失措，情緒非常平穩。

「祢是來接我的嗎？」

我沒有回答，只是靜靜望著那張清秀臉孔。醫護人員正在進行心肺復甦術，但生命跡象依舊是心電圖上的一條直線。

「我救不活了吧？」

站在勾魂使者身邊看自己被搶救，這是詭異又難得的經驗，所以方品雪看得很出神，看醫護人員如何將雙手放在自己胸前按壓，怎樣電擊，打了幾針，輸了多少血，如何接縫割斷的血管，宛如觀賞一齣驚心動魄的默劇。

「我能提出最後請求嗎？」雖然能猜到她的要求，我還是作出洗耳恭聽的表情。「我能將剩餘壽命轉給別人嗎？」

記得曾在忘川河畔，奈何橋頭，趨忘臺前，見過一名女鬼拒喝孟婆湯，理由是不想忘記某人，方品雪願意將壽命轉給別人，自然也是基於愛或懺悔，我當然知道她想將壽命轉給誰，可惜那是不可能的事情，因為沒有所謂的剩餘壽命，世人大多以為自殺或意外身亡後仍保有未盡年限，諸不知任何方式死亡都代表那一世已告終結，命中注定該死，否則勾魂使者不會出現，因此沒有所謂剩餘壽命的問題；其次，壽命若能轉讓，有錢人豈不是能重金購買延年益壽？所以方品雪的請求我只能以天真看待，何況就算壽命真能轉換，也不是我的職務能處理。

儘管醫護人員不放棄最後希望，急救臺上的身軀依舊沒有任何反應，使得醫生不得不放下所有器具，然後抬頭望向牆上時鐘，宣布搶救無效以及死亡時間。看到自己變成冰冷屍體，方品雪也和其他新魂一樣流下眼淚，那兩滴淚並非不捨或後悔，而是對生命的告別。

「看完了，回去吧！」

方品雪詫異地看著我，不瞭解話中含意，我沒有解釋，只是趁她愕然時猛然伸手一推，將她的魂魄推回原體，急救臺上原本沒有任何反應，被宣告死亡的軀體也立即吐了一口氣，醫護人員大感震驚意外，立刻重新執行搶救程序。

幾分鐘後，醫生步出急診室，馬茗裎立刻焦慮地迎上去。

「醫生，我女朋友怎樣了？」

「已經搶救回來了，真是奇蹟。」

如何宣告死亡後又復活，這段過馬茗程程並沒有詳細聆聽，他在意的是方品雪沒有死，為何奇蹟復活並不重要。

「謝謝，謝謝醫生！」

「患者因為大量出血，現在還很虛弱，需要時間調養。」

馬茗程無法進急診室探視，只能繼續在門外等候，並在心中感謝死神高抬貴手沒有將最愛帶走，否則肯定會悔恨終身。他的感謝多餘了，我當然沒有高抬貴手，而是方品雪命不該絕，倘若列名生死簿，縱然天神下凡也難改變，這是定數。

原本焦急地在門口踱步，確認愛人脫離險境後，馬茗程終於能坐在椅子上，但依舊對事件強烈憤懣，而且發誓一定要報仇討回公道。

半年前相依為命的父親突然被抬上救護車，一向硬朗的身體竟只能躺在床上，而且生命指數非常低，方品雪急得不知所措，完全無法理解摔一跤的後果會如此嚴重，只能每天守在病床旁焦急，祈求天神不要奪走父親，因為她已經失去母親，願意犧牲一切用任何方式換回父親。

同房婦人的兒子因車禍重傷躺在加護病房，雖然也是心亂如麻，每天看到方品雪哭哭啼啼一籌莫展也頗感同情，詢問後才知道只是登山時滑一跤，既沒有跌落山谷，也沒有滑入山溝，只是單純滑跤倒地，而且馬上被同行山友通報搶救，結果竟然昏迷半個月不醒，離奇得使人無法接受。

「怎麼摔一跤就如此嚴重，莫非有不可抗拒的力量在作祟？」

「阿姨的意思是……？」聽出婦人話中有話，方品雪不免疑惑反問。

「我胡亂猜測而已，不是每個人都相信這種事，妳不要想太多。」

越是欲言又止越容易引人好奇，這是人性使然，何況方品雪已經六神無主，所以希望婦人能清楚說明，因為事已至此，任何想法或方法都可能是黑暗中的微光，她當然不願放棄。

「有什麼想法阿姨儘管說沒關係。」

「我是在想，妳爸爸是不是爬山時沖煞到什麼鬼魅精怪，魂魄被吸走所以才至今昏迷不醒。」

從小到大神仙精怪之說只當成故事，沒有認識也未曾探索，頂多就是與同學上網算命，玩玩塔羅牌之類，所以沖煞之說一時間的確無法接受，更無法想像，但婦人說得言之鑿鑿，並列舉好幾個例子證明她的說詞，方品雪雖然告誡自己不可迷信，卻無法為父親的情況提出合理解釋，因此不得不懷疑天地間可能真有精怪在騷擾凡人。

「如果妳相信這種事，也想試試能不能當活馬醫，我倒是知道一間神壇可以處理。」

該相信還是當成故事？方品雪陷入極度矛盾，但人心就是如此玄妙，過去沒有類似接觸，完全信賴科技醫療等真實證據，一旦陷於窘困未明狀態，又適時接受神靈之說，想法便會受到影響，甚至不自主地牽強附會，所以躑躅一下午後，當晚方品雪還是編出藉口請馬茗程代為守候，然後偷偷依照婦人所示找上花蕊仙姑。

由於沒有求神問卜的經驗，所以方品雪只能聽從工作人員指導，從問神掛號單的生辰八字如何填寫，該購買多少紙錢水果貢品，如何照順序上香跪拜祝禱，跪拜時應該如何向仙姑祈求，所有禮神步驟完畢後，這才坐到騎樓下等唱名。

等待的時間裡方品雪既忐忑又矛盾，卻只能當成最後希望，期待神蹟真能讓父親甦醒並恢復健康，所以她抱著虔誠心境等待，默看神壇裡外動靜，發現仙姑信徒不算少，但大多上了年紀，扣除收驚的小孩自己年紀最輕，所幸沒有人投以異樣眼光，這才讓忐忑的心情逐漸平穩。

好不容易聽到唱名，方品雪恭恭敬敬地走到壇前，向神像頂禮膜拜後，依照指示坐到案頭對面，並看清乩童是名五十幾歲的婦人，身上穿的彩衣很奪目，左手捻著一根小木棒，右手扣著蓮花指。

說明來意後，方品雪才知道仙姑說話用唱的，唱詞完全聽不懂，只是隱約明白七字成詩。

「仙姑說妳爸爸不是沖煞到山魅，而是前世冤魂前來索命，這是因果業報很難處理，但如果不處理恐怕永遠醒不來。」

「那怎麼辦？」

方品雪嚇壞了，急得不知所措，尤其案頭的神情更令她震懾，彷彿這是他從事以來所遇最棘手，最兇險的事件。

「不要急，妳既然來了仙姑自然會幫忙。」

「求仙姑無論如何都要幫忙，我願意付出一切換回父親。」

仙姑唱完一段七字詩後，拿起硃砂筆畫了幾道符，案頭逐張收下，並在背面寫下用途後交給方品雪。

「仙姑表示這種事不是一兩次就能處理好，要作幾場法事，燒一些紙錢給冤親債主，仙姑還要下冥府周旋，今天先賜幾張符給妳爸爸帶在身上，另外一張給妳，後面都有寫明用途，明後天有空妳再過來。」

「好，感謝仙姑。」

收好符令後，方品雪用虔誠心態致謝，然後起身走到服務臺，詢問作法事和燒紙錢要準備什麼用品，工作人員說了一大串她完全聽不懂，因此面露難色地說自己從未接觸過宗教儀式，所以不知如何準備。

「那簡單，妳只要繳錢，所有應用物品我們會幫妳準備。」

「可以這樣的話當然最好，不然我真的一點概念也沒有，只是……不知道要繳多少費用？」

工作人員表示他也不知道要辦什麼法事，燒多少紙錢給冤親債主，要方品雪稍候一下等他去問清楚，然後走到壇前和案頭交頭接耳，案頭還不時將目光投向方品雪，再經過一次交頭接耳後工作人員才走回來。

「妳的案件比較麻煩，要準備的東西比較複雜，數量也比較多，所以作一次法事大概要一萬八千元，而且要作好幾次。」

方品雪暗自衡量，如果作好幾次累積起來也不少，但沒有什麼比父親的生命更重要，那是再多金錢也無法換取，而且她也不想有朝一日後悔沒有遵照仙姑指示，因此立刻從皮包裡數出一萬八千元，工作人員收下後寫了一張收據，以及委託辦理法事的憑證，雖然不知道法事的步驟與效果，但當她轉身合十向神壇頂禮膜拜時，心中確實升起希望，感覺仙姑一定能助父親脫困。

回醫院後她立刻按照指示步驟進行，悄悄將符咒放在父親枕頭下和口袋裡，並在陽臺將一張符咒火化在碗裡，再加入一些水，然後拿著漂浮黑色灰燼的水走回病床，用棉化棒沾濕後潤在父親嘴唇，其餘沾在衛生紙上擦拭父親的臉和手腳，每個步驟都小心謹慎進行，希望自己的誠心能感動上蒼，化解父親的災厄早日甦醒。

那晚方品雪一夜好眠，沒有像過去幾天夜半驚醒，雖然父親尚未甦醒，心有所靠便不再無依，所以她覺得仙姑的符咒有某種層面的作用，因此決定一有空就去上香參拜，希望誠心能換得更多庇蔭。

再去時方品雪才知道，仙姑不是終日降乩為人解惑消災，除了固定時間外，平常時候幾乎沒有人，但這樣也好，畢竟不是趕市集看熱鬧，四下無人正好可以向仙姑娓娓述說心裡的話，不需擔心跪在壇前太久影響他人。

「妳是方小姐是吧？」

上完香後案頭從裡面出來，照面時倆人禮貌性地點頭致意。案頭年約五十幾歲，個子不高，身形中等，相貌雖無出家和尚的慈悲喜善，倒也親切和藹容易親近。方品雪心想，他能在往來如鯽的信徒中記得自己姓名，代表記憶力很好，邏輯能力很強。

「有空常來上香參拜是好事。」

案頭說現在看似冷清，其實上香的人總是不間斷，來來去去都是為了向仙姑表達誠心，所付出的心意仙姑都能感受得到。

「先生如何稱呼呢？」

「我叫沈憲裕，妳愛怎麼叫都可以。」

輕鬆自在模樣令兩人再度相視微笑，也讓方品雪暫時忘記父親命危的憂愁。沈憲裕表示他為仙姑服務已經很多年，經手過無數案例，總是抱著濟世救人的心態面對大眾，因為看到眾生的苦心裡很難過，所以凡事都會盡量幫忙。方品雪聽後大為讚揚，直說這是很偉大的情操，自己雖然第一次接觸宗教儀式，卻能感受到工作人員的無私奉獻精神，世界也因此顯得無限溫暖，說得沈憲裕笑顏逐開，一再表示不敢居功。

「不過有件事不知道該不該告訴妳。」

「沈先生有話請直說。」原本輕鬆的場面忽然籠上嚴肅，語調也顯得欲言又止，方品雪因此有點愕然。

沈憲裕望了一眼神壇後方，然後示意去外面說話，走在身後時方品雪聞到淡淡酒味，但並不以為意，因為每個人都有自己的喜好消遣。

「最近妳是不是常常感到六神無主，注意力不能集中，晚上無法安穩睡覺，有時會急躁得幾乎失控？」

「是，是這樣沒錯！」

沒想到沈憲裕竟然說中自己的狀況，這讓方品雪驚訝得瞪大雙眼，除了佩服他的能力，也相信長期為神祉服務的人有某種神通，所以她像找到明燈似地，將這段期間的擔憂與苦愁完全傾吐，並表示不明白自己為何會這樣。

「其實昨天我沒有完全說出仙姑的話，因為妳第一次來怕嚇到妳。」

故弄玄機的話總是讓人心慌，尤其搭配嚴肅神情更易使人不安，方品雪急切地想知道有什麼事會讓自己更害怕，所以不自主地露出祈求眼光，但沈憲裕似乎不肯立即說清，而是一再表示自己絕無其他意思，只是不忍心看到這麼純潔的女孩受此苦難，聽得方品雪感激無比，並表示自己不會往壞處想，希望沈憲裕能清楚明說。

「記得仙姑說妳爸爸是前世冤魂纏身嗎？」方品雪點頭，並表示已經繳清費用等著要作法事，沈憲裕說法事稍晚會作，但話鋒一轉又露出詭譎神色。「我告訴妳，那個冤魂的恨意太深，執意要把妳們家滅絕，妳說妳媽媽幾年前車禍意外身亡對不對？那就是他弄的，擄走妳爸爸的魂魄後，現在已經將目標轉到妳身上，開始干擾妳的心智，沒多久妳就會被他完全掌控，甚至妳身邊的人，包括其他親人和男朋友也會受到詛咒，事情真的很棘手，所以仙姑才會要妳多作幾場法事，好讓祂能調兵遣將和冤親債主周旋。」

聽到這樣的話方品雪完全嚇呆，沒想到從母親開始竟然是詛咒與報復所致，現在父親依舊昏迷不醒，自己卻已成為目標，她完全無法想像接下來還會發生什麼事情，誰會是下個受害者。

「既然已經說開了就一次說清楚，告訴妳，我可以感應到冤魂下個目標就是妳男朋友，妳有男朋友對不對？要當心啊！」

這句話立刻讓方品雪背脊滲出冷汗，並不由自主地打個哆嗦，因為馬茗程是父親之外最愛的人，兩人感情深厚，多年來一直受到馬茗程無微不至的照顧，以及盡心盡力的呵護與保護，幸福的未來更早已規劃，只等父親恢復健康，此時卻驚知禍事將延到他身上，方品雪怎不心急如焚，怎不泛著淚光拜託沈憲裕，請他向仙姑請求，無論如何都要救救危在旦夕的家人生命。

「我們開壇濟世就是要解救萬民苦厄，所以一定會盡全力幫妳。」沈憲裕正氣凜然地說著，彷彿他是背負神聖使命的救世主，甚至疾言厲色地表示，至今從沒遇過擺不平的惡靈。「話雖如此，世間事需要神力也要盡人力，妳要抱持堅定信仰遵從仙姑交代辦事，否則就算玉皇大帝下凡也幫不了妳。」

「我一定遵照仙姑指示，絕對不會有異心。」

「妳能明白嚴重性就好，這樣我們就能放手去處理。」沈憲裕拍胸脯保證絕對會盡全力化解這場災厄，卻一方面用曖昧語調說：「為了讓法事順利進行，最好不要讓第三者知道，以免被人破壞而前功盡棄。」

「我知道，我不會告訴任何人。」

那天後方品雪完全遵照仙姑指示行事，除了自行增加貢品祭禮，還每天到神壇前上香膜拜，祈求仙姑能化解一家人災厄，最重要的是不能禍延給馬茗程，否則自己幾生幾世也無法消弭罪過。

我知道有人會認為方品雪無知，但如此評論欠缺同理心與公允，因為一個人處於六神無主狀態時，有人適時提出更危言聳聽的言論，並展現救世主姿態，表示自己有絕對能力解救時，任何人都很容易將對方當成滄海浮木，並相信只有對方能瞭解與解救自己，這種無可奈何的脆弱人性常發生，只不過強弱程度和類別不同，所以當指著某人迷信沒理智時，應該先體會當事人內心的驚慌無措，如何空虛缺乏安全感，以及求助無門的絕望感，而不是用嘲諷態度看待，卻不敢保證自己有天是否也會作出相同行為。

當腦中充斥某種想法或恐懼時，絕大多數人會開始將身旁事物做連結，這也是無可奈何的人性。幾天後馬茗程因天雨路滑騎車摔倒，雖然只是輕微擦傷，方品雪卻震驚不已，認為禍事已經開始蔓延到男友身上，於是跑去向沈憲裕求助，沒想到沈憲裕聽完後竟露出驚嚇表情，直說冤魂的怨氣實在太強，事情惡化程度超乎他想像，並故作驚悚地說了幾件悲慘駭人的案例，讓方品雪恐懼到臉色慘白不知所措。

「看來現在只能增強妳的陽氣來保護他們。」

「怎樣增強我的陽氣？」

「增強陽氣的方法有很多種，但都需要時間修練，這個冤魂已經開始行動，我怕會緩不濟急。」

「有沒有快速的方法？」

「方法不是沒有，只不過……。」

沈憲裕曖昧又吞吐的神情讓方品雪大為疑惑，而且無法忍受欲言又止態度，於是催促沈憲裕說出如何增強陽氣的方法，並表示縱然怪異到匪夷所思也能接受。

「妳知道我們每天和神靈接觸，身上陽氣自然很強，一般鬼魂根本不敢靠近，所以最快速的方法就是把我身上的陽氣過繼給妳。」

本想追問如何過繼，但話到喉嚨時卻戛然停止，因為沈憲裕的神色和語調已經透露答案，所以方品雪陷入愕然狀態。

雖然早已和馬茗程有過好幾次床笫經驗，卻都是在情感交融下自然發生，要在沒有感情的人面前寬衣解帶，任何人都會因此猶豫矛盾，但事情已迫在眉梢，而且人命關天，自己還有其他選擇嗎？父親與馬茗程是她的最愛，失去他們人生便毫無意義，尤其馬茗程如此無辜，怎能無端受到牽連？幾經思考後，方品雪認為自己已經別無選擇，也必須犧牲，所以點頭同意這個方法，並在沈憲裕示意下，一同前往附近的汽車旅館。

三天後方品雪坐在加護病房外，卻忽然看到匆促表情，結果衝進病房後還是未能見到父親最後一面，她當場痛哭失聲，無法接受殘酷事實，認為自己已經做了所有努力，為何冤魂還是不肯放過，卻也在那瞬間，方品雪終於驚醒，明白一切都是騙局，所有說詞都是人面獸心的沈憲裕所設下的陷阱，而自己竟然愚蠢地相信。

忍痛辦完喪事後，方品雪終日惶惶無依，洗澡時不停用力刷洗身體，企圖刷去齷齪氣味，閉上眼睛就會看到沈憲裕淫邪地壓在自己身上，她怪自己愚蠢，覺得對不起馬茗程和父親，更無顏面見任何人，所以幾個小時前，方品雪躺在浴缸用小刀割破左手動脈，決心要跪在父親面前認錯，並在浴缸裡的水染成鮮紅時，撥通手機向馬茗程述說心中委屈與事件經過，直到意識逐漸模糊，再也沒有力氣握住電話。

確認方品雪脫離險境後，馬茗程不動聲色地離開醫院，我跟在後面，隨他進入加油站，看他冷靜地將塑膠桶加滿汽油，然後朝濃濃夜色疾駛而去。

沈憲裕一如過往，沒有開壇辦事時每天喝到爛醉，行徑早讓王曼綺不滿，卻又礙於工作需要只能隱忍，但她無法忍受沈憲裕將自己當成提款機，無止盡地勒索，所以吵鬧早是家常便飯。

「搞清楚，如果不是我規劃籌辦，會有這間神壇？會有現在光景？」

「這是仙姑濟世救人，不要把功勞全攬在自己身上。」

「濟世？笑死人，不要以為我不知道誰在裝神弄鬼，妳自己說說，有幾次是仙姑真的降乩，有幾次是妳在表演歌仔戲？」

起初的確是感召仙姑神力而開壇，也得到許多信眾愛戴，但不知何時開始，仙姑處事結果逐漸讓人質疑，許多人開始抱怨運勢沒有更好，傷痛者終究無法逃離死厄，為了挽回人心，以及好不容易建立的生財事業，王曼綺只好運用多年培養的察顏觀色能力，在仙姑沒有降乩時假冒神意，如今真相被戳破王曼綺絲毫無法辯駁，因為兩人同居這麼多年，任何事都逃不過對方眼皮。

「你又有多清高？林太太為什麼鬧到離婚？謝小姐為什麼跳樓？又騙了方小姐去哪家汽車旅館？不要以為你做什麼事沒人知道！」

字字句句都傳入躲在窗邊的馬茗程耳裡，尤其聽到騙方小姐去汽車旅館時，他氣憤得幾乎發狂，但還是強力將情緒壓抑下來，因為他要等最佳時機。

「我的事不需要妳管，那是她們笨，妳只要記得，所有收入一半歸我，今天我要全部拿走，妳另外找人配合，我已經沒有興趣和妳演戲，更不想再看到那副油膩膩的身體。」

「憑什麼！」

被恥笑外貌與身材王曼綺可以忍受，她也早已厭惡那副嘴臉，無法接受的是沈憲裕竟然妄想一半收入，那是她想方設法讓信徒掏出腰包的所得，不管成效如何，全是自己汗流浹背地作法事和降乩，努力多年所累積，沈憲裕只不過在一旁動動嘴皮竟然妄想一半，所以她怎樣也不能接受。

「憑什麼？今天不把我的一半拿出來，信不信我明天把事情抖出來？」

「你敢！」

「可以試試看我敢不敢。」

王曼綺憤恨難平，惡狠狠地盯著沈憲裕，情緒完全占領毛細孔，而且在瞥見仙姑法器時，腦中頓然萌起殺機，於是暗暗將法器握在手上，看沈憲裕踉蹌著腳步一步步逼近，聽他用兇狠語調要求立刻了斷，張揚不要怪他心狠手辣。

「有種的話再靠過來一步，我一定跟你拼命！」

「打妳又不是第一次，難道還要挑黃道吉日？」

沈憲裕不相信王曼綺敢挑戰自己，過去只能蜷在地上挨打，他相信這次也一樣，絲毫沒有察覺到危機，於是踉蹌著酒意伸出左手，準備一把掐住王曼綺的脖子，再用右手狠狠痛擊臉頰，但手指尚未碰到脖子時，眼角卻瞥到一支尖銳物竄來，沈憲裕雖然醉意八九分，動物本能還是引起求生反射，他立刻抬高左手抵擋攻擊，並迅速揮出右拳，卻被已經發狂的王曼綺架開，兩人因此扭打起來，掃落桌上貢品，撲在地上掙扎，但男人力氣終究大於女人，沈憲裕很快就取得優勢，將王曼綺壓制在地上，並奪下法器瘋狂地朝她身上猛刺，直到所有力氣用盡，王曼綺瞪大雙眼抽搐，我也在沈憲裕垂下手時把鉤魂鍊拋出，將驚慌茫然的魂魄拉出來。

「死了也好，正好全部接收，大不了再找個聽話的人來配合，世界上所有人都希望得到神明庇佑，不愁沒有人自動上門。」

全身力量與意志耗盡後，沈憲裕終究醉得神智恍惚，只能兩眼茫然地坐在王曼綺身上喃喃自語，絲毫沒有意識到自己殺人以及後果，直到他終於不勝酒力，側倒在王曼綺屍體旁。

躲在窗邊的馬茗程完全不知道屋內狀況，只聽到一陣碰撞叫喊後驟然沉靜，他以為經過爭吵後回歸平靜，甚至認為沈憲裕和王曼綺已經回房睡覺，但為了保險起見，馬茗程還是坐在窗下等待，等待的時間裡，腦裡不停浮現方品雪受騙的經過，耳裡不時迴盪方品雪割腕後哭泣的聲音，甚至夾雜沈憲裕說那些女人自己笨的嘲笑聲，他知道在缺乏直接有利的證據下，法律無法還方品雪和其他人公道，唯有讓這間神壇消失才能安撫所有受害者，所以他很有耐心地等，等到月亮降到地平線上，確認屋內外再也沒有任何聲響，天地萬物都已酣入沉沉夢鄉，這才提著汽油桶傾灑於屋子四周，然後用憤怒的雙眼丟出火苗，迅速逃離。

我牽著重銬枷鎖又茫然的魂魄站在一旁，看馬茗程如何動手，如何快速消失在黑暗中。大火猛烈地從前門竄燒，郊外獨棟房屋的火災沒有立刻引起注意，烈火迅速吞噬整間鐵皮屋時，我拖著王曼綺的魂魄穿過火焰，看見堆放的紙錢貢品等物品正在助長火勢，整間神壇內部已經陷入火海，神龕上的燈燭閃耀火光，花蕊仙姑的神像宛如開花般燃著熊熊火焰，沈憲裕在神龕前驚慌吶喊，卻無法撲滅自己和王曼綺身上的火焰，以及黝黑濃密的煙。

咳了幾聲後，沈憲裕終於倒在王曼綺身上，頭髮與衣服很快被燒光，他痛苦地掙扎抽搐，我沒有立即拋出鉤魂鍊，而是靜靜看烈火燒灼他的身體，看火焰從腳踝燒到小腿，從小腿燒到大腿，再從大腿燒到命根，他的雙手雖然不自主地掙扎抽動，彷彿要抓住些什麼，火焰還是從頭頂和手臂延伸到胸口，我就這樣冷眼看他無意識地飽嘗烈火焚身的痛苦，一點也不急著拋出鉤魂鍊，直到他全身焦黑，隱約聽到油脂燃燒的嗶剝聲時，才緩緩伸手掐住他的脖子，一把將他的魂魄給抓了出來。

離開前我回頭望了一眼已然付之一炬的神壇，花蕊仙姑已經燒得精光；或者說，本來就沒有花蕊仙姑，只不過是沈憲裕和王曼綺，以及許許多多茫然無措急病亂投醫的人所共同創造的神蹟，但不管如何，善惡終有報，每個人都必須為自己的行為負責，這是宇宙亙古不變的法則。

三百年又五十八天

旋踵而來的任務終於歇止，一有空我立刻趕去探望黎巧兒，大門依舊緊閉，讓我的不安感越來越強烈，於是伸手推開門扉，卻看不到任何蹤影。

坐在火苗只剩豆大的元神燈旁，我知道黎巧兒此刻危在旦夕，卻只能枯坐與乾著急，並開始後悔不該對她說四百年前的因果，沒有考慮到她會由仇恨變成內疚，用恨他人的心來恨自己，並導致她的恨意更強，元氣更虛弱，雖然曾想求菩薩指點迷津或幫忙，但我只是小小鬼差，未得法旨無法進入南天門，更遑論見到菩薩，所以心情更是紛亂。

但就在一籌莫展時，忽然聽到耳內有聲音在呼喚，非常小聲，像微風，我立刻屋裡屋外四處尋找，卻毫無蹤跡，直到第二聲呼喚時才瞭解，那是黎巧兒透過某種方式傳達，或求救，但她到底在哪裡我毫無頭緒，最後我決定憑直覺行事，走到屋外，閉上眼睛，轉動身體用耳朵聽方向，當某種感應讓我停止時，睜開眼睛看到正對著東南方，於是抱著賭一把的心態，朝東南方疾奔而去。

我跑了很遠，非常遠，完全不知道跑了多少路程，非但平民區早已消失，四周景物也越來越詭異，放眼望去完全蒼涼，看不到任何突出物，地平線無止盡地往左右延伸，怎麼跑也到達不了盡頭，但我還是不停疾奔，又跑了很久很久，才看到地平線越來越近，最後終於近在眼前，不過也立刻發現，並非我已跑到盡頭，因為地平線還在非常遙遠的地方，只不過前方幾步遠起是另一種景致，籠著非常濃的黑氣，彷彿往前幾步會進入黑暗世界，我是冥界靈體，不可能看到所謂的黑暗，唯一解釋是，前方是冥羅空界。

我倒抽一口氣，雖然知道交界處有佛祖布下的法咒不可能穿越，卻沒想到自己會跑到這裡，但我也立刻想到，假設感應的方向正確，代表黎巧兒被某種力量吸引來到此處，甚至正在試圖突破法咒進入冥羅空界，因為黎巧兒有十二世的恨與仇，現在又加上恨自己，那是一股非常強大的力量，也是一股無可言喻的絕望，絕對會是毗羅王想要得到的力量與俘虜，所以當下只有一個想法，就是盡快確認黎巧兒是否在此處，並盡力阻止她魂飛魄散。

但放眼四周寸草不生，別說黎巧兒，連個突出物體也沒有，而且靜得好像處於夢境，我前後左右尋找好幾次，最後才發現右方遠處似乎有異狀，於是邁開步伐急奔而去，終於發現黎巧兒。

她的靈體非常淡，幾乎呈現透明狀態，沒有意識地躺在交界處邊緣，我知道她只差一步就會變成魍魎，生生世世不得超生，於是立刻蹲下去抱起輕若煙霧的身體，孟婆的玉佩也順勢從無力的手掌掉出來，我才知道黎巧兒肯定遭遇了什麼，並在無助與痛苦的最後一刻握著玉佩呼喚，但那已經不重要，此刻最重要的是去哪裡，以及找誰救她？

我完全沒有頭緒，因為剛才只顧著疾奔而來，現在根本分不清東西南北，只能抱著黎巧兒像無頭蒼蠅到處亂竄，跑了一段時間，又發現自己一直在繞圈打轉，彷彿有股力量在阻止我離開，幸好在我著急失措之際，忽然看到遠方地平線上有道光芒，於是立刻用最快的速度朝光芒跑去。

雖然我跑了很久很久，卻完全沒有負擔，因為黎巧兒輕得好像沒有重量，而且比剛才更透明，五官模糊得快要看不清，那讓我必須更加快腳步向前衝，又跑了很久很久，至少穿越八千里疆界，最後終於回到冥界，四顧瞻望後，發現竟來到冥界六區，但是新問題也隨之而來，我該找誰解救黎巧兒？

忘川河水一如往常潺緩，岸邊柳樹無風自動，但我根本無心觀賞，抱著黎巧兒站在河畔，看她毫無起色，透明得幾乎要消失，完全束手無策，不知道下一步該怎麼走，也急得心神失控，想要大聲吶喊。

「過橋，卞城王。」

不知何時走來一位老婦人，全身白衣加上白髮，容貌慈藹而且帶著淡淡笑意，她指著左方橋樑說出這句話，我不知道她是誰，但不管人或鬼差，在茫然無措時得到指引肯定都會像抓到蒼海上的浮木，所以我連道謝也忘了說，毫不猶豫地往橋的方向跑，過橋後看到一座城門，上書「酆都六殿」，顯然是六殿卞城王管轄之地，我是一殿秦廣王麾下，與六殿守城的鬼差自然不熟，但我已管不了那麼多，決定硬闖。

「不得擅闖！」

守門鬼差擺出陣勢阻止我進城，我連忙取出令牌表明有急事要面見冥王，但鬼差依舊叱喝縱有令牌在身，未得宣召或法旨也不得擅闖，我用幾乎哀求的口吻，請他們看看即將變成魍魎的黎巧兒，其中一名走過來看了幾眼，然後用和悅口氣說：

「大夥都是冥界鬼差，我也知道你有急迫性，但沒有得到宣召或法旨，兄弟我實在擔當不起。」

「大哥，就當作好事一樁，放我去面見冥王，他日必謝。」

「不要讓我為難，我也知道你的身分和能耐，搞起來大家都不好看。」

他說得沒錯，憑我的法力想要硬闖他未必攔得住，問題是過了這一關肯定還有許多關卡要克服，而且一旦把這裡搞得天翻地覆觸怒王威，別說面見，連黎巧兒也無法得救，但河畔老婦人指引這個方向，必然有其道理，所以對談的同時我也謹慎考慮是否該不顧一切硬闖。

短暫思考後，我決定硬闖，因為黎巧兒離魂飛魄散只剩一步，沒有耽擱的理由，於是我藉故說能體會守城大哥的難處，卻悄悄騰出手取出鉤魂鍊，剛才那位鬼差並未察覺，我自認是很好的機會，正準備施法時，他卻忽然掏出令簿，看了幾眼後抬頭說：

「算你走運，冥王有召，進去吧！」

這的確令我意外，意外得把鉤魂鍊塞回去，雖然一時間想不出原委，卻也毫不猶豫地朝城內跑去。

進城未久便看到巍峨宮殿，我隨即轉身急奔而去，這次殿前鬼差沒有阻擋，讓我抱著黎巧兒的靈體長驅直入，入殿後我顧不得氣氛肅穆莊嚴，將黎巧兒的靈體輕輕放在座前，然後跪在地上向堂上稟告。

「啟奏冥王，卑職乃一殿秦廣王麾下勾魂使者，帶犯魂黎巧兒特來求……。」

話沒說完，卞城王就揮手制止，我不敢再開口，只好雙手作揖等待後續發展。

六殿判官從堂上走下來，仔細觀察黎巧兒靈體很久，然後走回堂上附在冥王耳邊細語，冥王點了兩次頭，伸手拿起金筆交給判官，判官再度從堂上走下來，用冥王金筆在黎巧兒的靈體上畫符唸咒，從天靈開始，沿眉宇往下畫，所過之處，黎巧兒的靈體開始慢慢恢復顏色，直到金筆點在腳尖收筆時，黎巧兒已經不再透明。

「帶回元神宮等候發落。」

「感謝冥王，卑職告退。」

黎巧兒雖然恢復鬼魂應有的模樣，但依舊昏迷不醒，所以叩謝王恩後，我還是要把她抱起來才能離開，那也是我第一次知道鬼魂有重量，只是沒有人的身體那麼重。

回元神宮後看到元神燈已經亮了許多，不再是豆大的火苗，我知道黎巧兒的危險期已過，心中卻充滿疑問，例如不見的時間裡黎巧兒在做什麼想什麼，為何出現在冥羅空界邊緣，遠方的光芒是誰指引，是河畔老婦人？她又是誰？卞城王似乎早已預知我會帶黎巧兒的靈體前去，是什麼因緣安排一切，或者說扭轉一切，因為黎巧兒背負十二世仇恨，就算成為毗羅王麾下也是理所當然，冥王金筆會畫在她的靈體上肯定有某種轉機。不過這些問題我暫時不想理解，因為黎巧兒還是昏迷未醒，而且氣息虛弱，我不知道怎樣才能讓她甦醒和恢復元氣，再度一籌莫展。

「扣扣！」

門扉突然發出敲擊聲，令我非常驚訝，因為冥界不可能有左鄰右舍來串門子聊天，當然我也想到是張和或許農，卻也很快排除，我知道他們不會無事擅闖冥界平民區，所以不再揣摩猜測，直接離開房間去開門，沒想到開門後更訝異。

「菩薩！」

我立刻頂禮膜拜，並立刻明白河畔婦人是菩薩化身，因為她們的臉長得一模一樣，可惜當時心急沒有看清，甚至明白遠方光芒也是菩薩才有能力指引。

「黎巧兒累積十二世仇恨，本該成為毗羅王禁臠，但上天本於慈悲胸懷，也不願見毗羅王勢力因此坐大，所以給她最後一次機會，讓你們重逢，藉由你讓她找回遺失四百年的愛與感動，身為人與鬼魂最原始的真性情，也藉由你讓她瞭解，輪迴十二世的坎坷顛簸際遇，起因在當年自己的絕情虛榮與刺你的十二刀，黎巧兒瞭解前因後果後恨心雖然更強，恨的卻是自己，也是她的懺悔，所以決定讓她重新來過。」

「感謝菩薩慈悲。」

「你錯了，決定因果好壞在世人的心，並非神佛的慈悲，所謂一念成聖，一念成魔，神佛只能暗中安排許多契機讓世人去領悟。」

我懂菩薩的意思，如果黎巧兒瞭解前因後果後，認為是我害她承受十二世的輪迴惡報，那她的恨意就會更濃更烈，所以是她一轉念的懺悔之心救了自己，也化解了十二世的業報。

「請問菩薩，黎巧兒依舊昏迷不醒，該如何是好？」

「讓她服下即可。」菩薩將手中淨瓶遞給我，我收下後才覺得真正放心。

「再請問菩薩，黎巧兒未來該怎麼走？」

「她知道怎麼做。」

說完後菩薩帶著慈悲光輝離開，我伏在地上獻出最虔誠的心頂禮膜拜，並畢恭畢敬地三頌聖名。

回房間後我立刻將淨瓶水讓黎巧兒服下，她很快就恢復意識睜開眼睛，並對我綻出甜美笑容。

「我作了一個夢，好長好長的夢。」

完全清醒後，黎巧兒娓娓述說不見我的那些天她如何自責，如何痛苦，好幾次想開門求我原諒，卻又提不起勇氣，感覺自己罪孽深重，一切都是咎由自取，更恨自己的無知與絕情，以為所有人都對不起她，只有她在付出努力和代價，看不到別人為她做了什麼，偏執地認為所有人對她的作為都是理所當然，毫無感激與珍惜之心，每天沈浸在恨更恨的心境裡，直到有一天耳裡響起聲音要她出門後往東南方走，那裡有完全解脫仇恨與輪迴的方法，她一直走一直走，走到一處黑暗世界前，想要跨進去卻被一股力量彈開，然後就失去意識，只記得清醒的最後一刻握住孟婆的玉佩呼喚我。

我也告訴她自己如何感應到呼喚，如何跑過八千里疆界看到奄奄一息的靈體，又如何在無措時看到遠方光芒，怎樣碰到河畔指引的老婦人，卞城王的金筆如何讓她起死回生，菩薩怎樣適時攜來淨瓶讓她清醒。聽到這裡時，黎巧兒立刻起身要膜拜，我擔心她元氣剛恢復力有未逮，但她很堅持地下床，跪在地上朝西方虔誠膜拜並三頌聖名。

「接下來妳打算怎麼做？投胎輪迴重新來過？」

「不了，我不想再投胎輪迴，我想申請去地藏王菩薩的修善堂上課，將所有功德迴向給每個我愛，以及我恨的人。」

看著那雙狐狸的眼睛，以及清秀婉約的臉龐，我彷彿看到四百年前那個單純、天真，願意追求夢想，更願意為身邊人無怨無悔付出的黎巧兒。

爾後很快就恢復如常作息，張和繼續奉命四處追捕幽魂與辦案，許農還是守在城門，並不時扛好幾罈酒邀我們暢飲。多爺勤於運動讓體重減少一半，他說無關私慾，只是靈體變輕手腳更俐落。黎巧兒獲准進入修善堂上課，擺脫輪迴之苦，也找到真正的自己，以及最原始的愛與感動。

我呢?當然繼續遵照生死簿所示到處勾魂引魄,看盡種種生死善惡與結果,至於會不會繼續撰寫日記,還是將眼睛所見、內心所想存於腦裡?這點我還在考慮。

勾魂使者日記

作　　者　李文義

發 行 人　林敬彬
主　　編　楊安瑜
副 主 編　黃谷光
責任編輯　黃谷光
內頁編排　詹雅卉（帛格有限公司）
封面設計　陳膺正（膺正設計工作室）

出　　版　大旗出版社
發　　行　大都會文化事業有限公司
11051台北市信義區基隆路一段432號4樓之9
讀者服務專線：(02)27235216
讀者服務傳真：(02)27235220
電子郵件信箱：metro@ms21.hinet.net
網　　址：www.metrobook.com.tw

郵政劃撥　14050529 大都會文化事業有限公司
出版日期　2016年08月初版一刷
定　　價　280元
ISBN　978-986-93450-0-2
書　　號　Story-028

First published in Taiwan in 2016 by Banner Publishing,
a division of Metropolitan Culture Enterprise Co., Ltd.

4F-9, Double Hero Bldg., 432, Keelung Rd., Sec. 1, Taipei 11051, Taiwan
Tel:+886-2-2723-5216　Fax:+886-2-2723-5220
E-mail: metro@ms21.hinet.net

Cover Photography: iStock / 76024701

國家圖書館出版品預行編目（CIP）資料

勾魂使者日記 / 李文義 著. -- 初版. -- 臺北市 :
大旗出版 : 大都會文化發行, 2016.08
256 面 ; 21×14.8 公分. --（Story-028）

ISBN 978-986-93450-0-2（平裝）

857.7　　105013187

大都會文化　讀者服務卡

書名：**勾魂使者日記**

謝謝您選擇了這本書！期待您的支持與建議，讓我們能有更多聯繫與互動的機會。

A. 您在何時購得本書：______年______月______日

B. 您在何處購得本書：____________書店，位於____________(市、縣)

C. 您從哪裡得知本書的消息：

1.□書店　2.□報章雜誌　3.□電台活動　4.□網路資訊

5.□書籤宣傳品等　6.□親友介紹　7.□書評　8.□其他

D. 您購買本書的動機：（可複選）

1.□對主題或內容感興趣　2.□工作需要　3.□生活需要

4.□自我進修　5.□內容為流行熱門話題　6.□其他

E. 您最喜歡本書的：（可複選）

1.□內容題材　2.□字體大小　3.□翻譯文筆　4.□封面　5.□編排方式　6.□其他

F. 您認為本書的封面：1.□非常出色　2.□普通　3.□毫不起眼　4.□其他

G. 您認為本書的編排：1.□非常出色　2.□普通　3.□毫不起眼　4.□其他

H. 您通常以哪些方式購書：(可複選)

1.□逛書店　2.□書展　3.□劃撥郵購　4.□團體訂購　5.□網路購書　6.□其他

I. 您希望我們出版哪類書籍：（可複選）

1.□旅遊　2.□流行文化　3.□生活休閒　4.□美容保養　5.□散文小品

6.□科學新知　7.□藝術音樂　8.□致富理財　9.□工商企管　10.□科幻推理

11.□史地類　12.□勵志傳記　13.□電影小說　14.□語言學習（_____語）

15.□幽默諧趣　16.□其他

J. 您對本書(系)的建議：

____

K. 您對本出版社的建議：

____

讀者小檔案

姓名：______________ 性別：□男　□女　生日：____年____月____日

年齡：□20歲以下 □21～30歲 □31～40歲 □41～50歲 □51歲以上

職業：1.□學生 2.□軍公教 3.□大眾傳播 4.□服務業 5.□金融業 6.□製造業

7.□資訊業 8.□自由業 9.□家管 10.□退休 11.□其他

學歷：□國小或以下 □國中 □高中／高職 □大學／大專 □研究所以上

通訊地址：____________________________________

電話：（H）______________（O）______________ 傳真：______________

行動電話：____________________E-Mail：________________________

◎謝謝您購買本書，歡迎您上大都會文化網站（www.metrobook.com.tw）登錄會員，或至Facebook（www.facebook.com/metrobook2）為我們按個讚，您將不定期收到最新圖書資訊和電子報。

勾魂使者日記

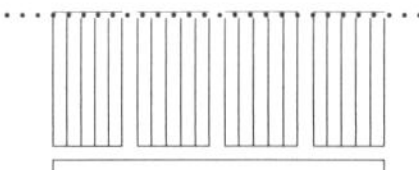

北區郵政管理局
登記證北台字第9125號
免貼郵票

大都會文化事業有限公司
讀者服務部 收

11051台北市基隆路一段432號4樓之9

寄回這張服務卡〔免貼郵票〕
您可以：
◎不定期收到最新出版訊息
◎參加各項回饋優惠活動

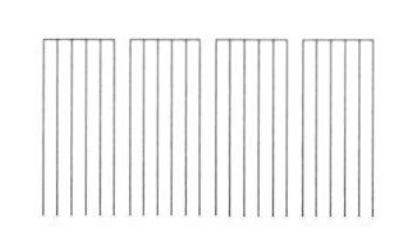